DÖRLEMANN

Dag Solstad

Elfter Roman, achtzehntes Buch

Roman

Aus dem Norwegischen von Ina Kronenberger

DÖRLEMANN

Die norwegische Originalausgabe erschien 1992 unter dem Titel
Ellevte roman, bok atten im Forlaget Oktober A/S in Oslo.

Die Übersetzung des Romans wurde von NORLA unterstützt.
Der Verlag bedankt sich hierfür.

Dieses Buch ist auch als Dörlemann eBook erhältlich.
eBook ISBN 978-3-03820-966-9

Neuauflage 2019

Umschlaggestaltung: Mike Bierwolf
Umschlagbild: AlvaroS/iStock
Porträt Seite 5: Dag Solstad, © Tom Sandberg
Gesetzt aus der Dante MT
Satz: Dörlemann Satz, Lemförde
Druck und Bindung: CPI – Clausen & Bosse, Leck
ISBN 978-3-03820-098-7
www.doerlemann.com

Dag Solstad

Zu Beginn dieser Geschichte ist Bjørn Hansen gerade fünfzig geworden und steht am Bahnhof von Kongsberg, wo er auf jemanden wartet. Es ist jetzt vier Jahre her, daß er bei Turid Lammers ausgezogen ist, mit der er vierzehn Jahre lang zusammengelebt hat, von jenem Moment an, als er nach Kongsberg kam, das für ihn zuvor auf der Karte kaum existiert hatte. Heute bewohnt er eine moderne Wohnung im Zentrum Kongsbergs, einen Steinwurf vom Bahnhof entfernt. Als er vor achtzehn Jahren nach Kongsberg kam, hatte er nur ein paar persönliche Dinge im Gepäck, wie Kleider und Schuhe, samt Kisten über Kisten mit Büchern. Als er aus der Lammersschen Villa auszog, nahm er ebenfalls nur persönliche Dinge mit, wie Kleider und Schuhe, samt Kisten über Kisten mit Büchern. Das war sein Gepäck. Dostojewskij. Puschkin. Thomas Mann. Céline. Borges. Tom Kristensen. Marquéz. Proust. Singer. Heinrich Heine. Malraux, Kafka, Kundera, Freud, Kierkegaard, Sartre, Camus, Butor.

Wenn er in den vier Jahren, die seit dem Bruch mit Turid Lammers vergangen sind, an sie gedacht hatte, dann mit einer gewissen Erleichterung darüber, daß es vorbei war. Zugleich hatte er mit an Trauer grenzender Verwunderung feststellen müssen, daß er nicht länger imstande war, zu verstehen oder nachzuvollziehen, weshalb er überhaupt jemals in sie verliebt gewesen war. Daß er es gewesen war, steht indes außer Zweifel. Weshalb hätte er sonst aus der Ehe mit Tina Korpi ausbrechen und sie und ihren gemeinsamen zweijährigen Sohn verlassen sollen, um Turid Lammers nach Kongsberg zu folgen, in der leisen Hoffnung, sie wolle ihn haben? Es war Turid Lammers' Schuld, daß er in Kongsberg gelandet war. Ohne sie oder seine vergessene Verliebtheit in sie wäre er niemals hier gelandet. Niemals. Alles in seinem Leben wäre anders verlaufen. Er wäre nie auf den Gedanken verfallen, sich als Kämmerer in Kongsberg zu bewerben, ja er hätte nicht einmal im Traum daran gedacht, sich überhaupt eine Stelle als Kämmerer zu suchen, er wäre vermutlich im Ministerium geblieben, hätte dort eine vorzeigbare Karriere gemacht, wäre heute wahrscheinlich Ministerialrat oder würde ein höheres Amt beim Norwegischen Fernmeldewesen, der Norwegischen Staatsbahn oder einer ähnlichen Institution bekleiden. Aber niemals Kämmerer. Niemals Kongsberg.

Es beunruhigte ihn, daß er seine frühere Verliebtheit in Turid Lammers bei der ersten Begegnung mit ihr nicht mehr nachvollziehen konnte. Eine nervöse, schmächtige Frau, so hatte er sie in Erinnerung. Als er sie kennenlernte, war sie gerade aus Frankreich zurückgekehrt, wo sie sieben Jahre gelebt und eine gescheiterte Ehe hinter sich gebracht hatte. Nun ließ sie sich in Oslo nieder und nahm sich sogleich einen Liebhaber. Der Liebhaber war er. War es Verliebtheit in die Ausstrahlung gewesen, die nervöse Frauen oftmals auf ihre Umgebung hatten, weshalb er ihr ins Netz gegangen war? Die rastlosen Gemütsschwankungen? Nach einem halben Jahr starb ihr Vater, und sie kehrte in die Provinzstadt zurück, aus der sie kam. Kongsberg. Dort bezog sie eine alte Villa, übernahm zusammen mit ihrer älteren Schwester einen Blumenladen und nahm eine Stelle als Studienrätin am Kongsberger Gymnasium an, wo sie Französisch, Englisch und Schauspiel unterrichtete.

Der Vater starb im September. Sie fuhr zum Begräbnis und zur Regelung der Erbschaft nach Hause und kehrte eine Woche später nach Oslo zurück. Einen Monat lang lebte sie wie zuvor. Doch dann beschloß sie plötzlich, wieder nach Kongsberg zu ziehen. An einem Mittwochabend erzählte sie es ihrem Liebhaber, am Sonntag war sie weg. Als sie erzählte, sie wolle fortziehen, verspürte er zunächst Erleichterung. Endlich konnte er die gewohnte Ordnung seines Lebens wiederherstellen. Er war mit Tina Korpi verheiratet, und zusammen hatten sie einen Sohn von zwei Jahren. Er hatte Tina nichts von Turid erzählt, für ihn war es ein heimliches Liebesabenteuer. Eigentlich paßte es ganz gut, daß sie jetzt wegging, nach Kongsberg, und aus seinem Leben verschwand, ohne etwas anderes in seinem Bewußtsein zu hinterlassen als die Erinnerung an ein bißchen gestohlenes Glück.

Aber dann setzte er sich in den Kopf, daß er sie nicht im Stich lassen könnte. Er mußte nach Kongsberg ziehen, zu ihr, sonst würde er es sein ganzes Leben lang bereuen. Ja, so kam es ihm vor, diese feste Gewißheit, daß er es bereuen würde, machte es ihm unmöglich, zu Tina und ihrem Sohn zurückzukehren und weiterzuleben wie bisher, nur ohne heimliche Geliebte. Folglich verriet er seiner Frau sein Geheimnis und brach aus der Ehe aus.

Zu der Erleichterung, die er zunächst verspürt hatte, als Turid ihm sagte, sie würde endgültig nach Hause zurückkehren, kam hinzu, daß ihm klar wurde, daß das Ganze nicht halten würde, er hatte schon damals deutlich vor sich gesehen, was ihn vierzehn Jahre später veranlassen sollte, sie zu verlassen. Er hatte nicht die Illusion, daß sie ihm das Glück schenken würde. Aber als ihm klar wurde, daß sie wirklich abgereist war, vermißte er sie so sehr, daß er gewissermaßen von einem moralischen Drang getrieben wurde, in der Nähe dieser Frau zu sein, die die ganze Zeit nervöse Signale an ihre Umgebung aussandte, die niemals zur Ruhe kam, die ständig neue Ideen hatte, immerzu, zu jeder Stunde des Tages.

Möglicherweise hatte er Tina gesagt, er sei der Liebe begegnet und könne sie nicht verraten. Vermutlich hatte er das gesagt. Es quälte ihn, daß er sich an nichts mehr von der damaligen Turid Lammers erinnern konnte, was diese großen Worte rechtfertigte. Abgesehen von ein paar unbedeutenden Vorfällen, zum Beispiel, als Turid und er Arm in Arm über den Bürgersteig spazieren. In dem Moment sieht Turid eine Bananenschale vor sich auf dem Bürgersteig liegen. Sie bückt sich, ohne seinen Arm loszulassen, und hebt sie auf. Dann wirft sie sie weg, direkt auf die Straße, und sagt fröhlich: Sollen die Autos darauf ausrutschen. Meine Güte! hatte er damals gedacht (oder später), das ist ihre Art, die Probleme zu lösen. Er arbeitete, seit er sein Studium der Volkswirtschaftslehre abgeschlossen hatte, in einem Ministerium, ja er hatte es bereits zum Büroleiter gebracht, gerade mal 32 Jahre alt. Seine Geliebte war ebenfalls 32 und Studienrätin. Und so hob sie die Bananenschale vom Bürgersteig auf und warf sie ein Stück weiter. Zu den Autos. Total verrückt, das mußte ihn fasziniert haben. Aber auch beunruhigt, zumindest im Hinblick auf ein eventuelles Zusammenleben mit ihr (doch das muß später gewesen sein). Waren es Vorfälle wie diese, die ihn veranlaßt hatten, Tina zu sagen, er sei der Liebe begegnet und könne sie nicht verraten? Die Alternative wäre gewesen zu sagen, er habe eine Affäre gehabt und könne sie nicht aufgeben. Das konnte er jedoch nicht sagen, obwohl es eigentlich den Punkt traf, weshalb Bjørn Hansen, ein Junge aus bescheidenen Verhältnissen, der aus einer norwegischen Küstenstadt kam, dieser arrivierte junge Staatsdiener in einem unserer Ministerien, seine Frau und seinen zwei Jahre alten Sohn verließ, um nach Kongsberg und in eine ungewisse Zukunft zu ziehen. Die Affäre war es, von der er besessen war und die ihn so sehr aufgesogen hatte, daß er kaum noch Luft bekam, nicht die Liebe zu Turid Lammers. Das Verlockende daran. Tief in seinem Innern wußte Bjørn Hansen, daß das vergängliche Glück auf dieser Welt am begehrtesten war, und jetzt erlebte er es selbst, indem er Turid Lammers heimlich in ihrer kleinen Wohnung am St. Hanshaugen in Oslo aufsuchte. So intensiv hatte er noch nie gelebt, denn er wußte, daß er sich in einem Raum befand, in dem er nicht lange bleiben würde. Es war ein gewagtes Spiel. Etwas gestohlenes Glück. Und da nun einmal Turid Lammers Gegenstand dieses gestohlenen Glücks war, kam es, daß er sich sagte, es sei die Liebe zu ihr, die er nicht verraten dürfe. Doch das war es nicht. Außerhalb dieser Affäre, der Umstände ihres Verhältnisses, war Turid Lammers nichts. Ihre Mimik, ihr Blick, ihre Handbewegungen, die ihm bisweilen Schauer durch den Körper jagen konnten, diese schmalen Handgelenke! so schön und französisch in ihrer Anmut, ihre Art zu gehen, alles bezog seinen Glanz aus den Umständen ihres Verhältnisses. Das wußte er. Er war sich, um ehrlich zu sein, vollkommen darüber im klaren. In vollem Bewußtsein hatte er dieses Spiel gespielt und diese gestohlenen Augenblicke ausgekostet. Er hätte seiner Frau sagen sollen: Ich kann doch unmöglich wissen, ob es Liebe ist, ich kenne sie ja kaum. Ich kenne sie nur in Situationen, in denen sie Gegenstand meiner Faszination ist. Aber diese Situationen erfüllen so viele meiner geheimsten Sehnsüchte, ja Erwartungen an das Leben, daß, wenn sie diese Situationen nun hinter sich läßt, indem sie daraus ausbricht, ich ihr nachreisen und versuchen muß, sie wiederzufinden.

Das einzige, was er an diesem Bruch bereute, war, daß er seiner Frau nicht geradeheraus gesagt hatte, wie es sich verhielt. Ansonsten hieß er es gut, daß alles so kam, wie es kam. Er fand noch achtzehn Jahre später, daß es richtig von ihm gewesen sei, seine nichtsahnende Frau und sein kleines Kind, das im Zimmer nebenan schlief, zu verlassen.

Um die Frau aufzusuchen, die das Abenteuer für ihn bedeutete, auch wenn er wußte, daß das Abenteuer zu Ende war, wenn er jetzt aus seiner Ehe ausbrach und Turid Lammers nachreiste. Er hatte nicht die Hoffnung, Vergangenes wieder zum Leben zu erwecken, aber er hoffte, die Reminiszenzen daran, also an sie, bewahren zu können, im gleichen Raum wie sie atmen zu können. Er konnte nicht kneifen. Er hatte in diesem bewußten Ehebruch eine Intensität und Spannung erfahren, die er ansonsten lediglich fasziniert in der Kunst und der Literatur finden konnte, jedoch ohne sie vollends zu verstehen.

Dann war er gegangen. Nachdem er Tina Korpi erzählt hatte, er sei ein Gefangener der Liebe und müsse ihrer Stimme folgen. Tina Korpi sah aus, als stünde sie unter Schock. Sie saß wie gelähmt auf einem Stuhl, starrte ihn an und wiederholte ein übers andere Mal: Das war es also, ich hätte es wissen müssen. Er hatte befürchtet, es könnte zu erschütternden Szenen kommen, sie würden sich dabei vielleicht laut anschreien und auf diese Weise den Sohn im Zimmer nebenan wecken, zu dem sie dann gehen müßten, um ihn zu trösten, und er müßte ihn vielleicht hochnehmen. Aber dazu kam es nicht. Bjørn Hansen packte ein paar persönliche Dinge zusammen, die er nacheinander zum Auto trug, während sie jedes Mal, wenn er zurückkam, wie gelähmt auf ihrem Stuhl saß und jammernd »Das war es also« wiederholte. Schließlich war er soweit gewesen und gefahren.

Unter den orangefarbenen Lampen, die über der Europastraße 18 hingen, fuhr er nach Drammen, über die Europastraße am Ostufer des Drammenselva entlang und später nach Hokksund, immer noch am Ostufer des Drammenselva entlang. Bei Hokksund gabelte sich die Straße, eine Strecke führte über den Drammenselva nach Kongsberg, Notodden, Numedal, Øvre Telemark, diese mußte er nehmen. Doch zuvor hielt er vor der *Eikerstua*, einer Raststätte kurz vor der Gabelung, und ging hinein. Es war spätabends, aber noch befanden sich Gäste im Lokal, die Frikadellenbrötchen aßen und Kaffee tranken, es waren Autofahrer wie er oder Lastwagenfahrer, deren Laster schwer und unübersehbar vor der Gaststätte standen. Bjørn Hansen ging direkt in die Telefonzelle und wählte Turid Lammers' Nummer. Er war sehr nervös, wie er merkte, als er das Geld auf den Apparat legte und die Nummer wählte, denn er hatte ihr noch nicht gesagt, daß er auf dem Weg zu ihr war. (Ich will nicht die Geliebte eines verheirateten Mannes sein, hatte Turid Lammers gesagt, als sie nach Kongsberg zurückging, in einem nüchternen Tonfall, der ihm nicht die geringste Veranlassung bot zu glauben, sie würde sich wünschen, er möge seinen Teil dazu beitragen, dies zu ändern.) Er hörte ihre Stimme, während zugleich die Münzen in den Kasten fielen, so daß er reden konnte und wußte, sie würde ihn hören. Er erzählte ihr, was vorgefallen war und daß er in einer Gaststätte zwanzig Kilometer nördlich von Drammen, kurz vor der Abzweigung nach Kongsberg, stand. Er fragte, ob er kommen dürfe, und sie sagte ja.

Er setzte sich wieder ins Auto und fuhr Richtung

Kongsberg. Mit einem Mal war er mitten in Norwegen, dem ungastlichen, bewaldeten, fernen und (abgesehen von den dortigen Bewohnern) abgelegenen Norwegen, obwohl er gerade mal siebzig Kilometer von der Hauptstadt des Landes entfernt war. Es war mitten im Winter, und der Schnee fiel dicht. Die Straße war schmal, obwohl es sich um eine Fernstraße handelte, glatt und kurvenreich. Hohe Schneewälle am Straßenrand, kalter, kompakter Schnee. Felder, flach und unter weißer Dunkelheit begraben, Felsenschluchten und Senken. Verstreute Bauernhöfe. Tannenwälder. Eine einsame Lampe in der Nacht, die an der Wand eines willkürlich in die Landschaft gesetzten einstöckigen Wohnhauses hing und um die weiß der Schnee wirbelte. Zugefrorene Seen. Erstarrte Flüsse. Unförmige Tannen. Eiszapfen, die von über die Straße ragenden Felsen hingen und von den Scheinwerfern an Bjørn Hansens Auto angestrahlt wurden. Die Fahrt dauerte viel länger als gedacht, weil er in der winterlichen Landschaft, in die er sich auf der schmalen, kurvigen und glatten Straße immer tiefer hineinbohrte, langsam fahren mußte, bis er plötzlich auf einem abschüssigen Stück begriff, daß er sich in den Außenbezirken einer Stadt befand, woraufhin er bald in die Hauptstraße einbog und in die erleuchtete Stadt Kongsberg fuhr.

Es war spätabends, aber es waren erstaunlich viele Menschen unterwegs, was sich dem Umstand verdankte, daß die letzte Kinovorstellung gerade zu Ende gegangen war, zehn nach elf. Er fuhr ein wenig ziellos durch die Gegend und hielt dabei Ausschau nach einem Taxistand.

Diesen fand er direkt neben dem Bahnhof und stellte sein Auto ab. Er ging zu einem der Taxifahrer, der in seinem Auto saß und darauf wartete, daß er an der Reihe war. Er las Turid Lammers' Adresse von einem Zettel ab, und der Taxifahrer gab ihm eine detaillierte Beschreibung, wie er zu fahren habe. Fünf Minuten später hielt er vor einer großen, etwas verfallenen Villa, die der Adresse nach zu urteilen der Ort war, an dem Turid Lammers wohnte.

Sie stand nicht wartend in der Tür. Er klingelte, und es dauerte eine Weile, wie er fand, bis sie aufmachte. Doch als sie endlich aufmachte, schien sie froh, ihn zu sehen. Sie hatte den Kamin angezündet. Sie erwartete ihn mit etwas zu essen und zu trinken. Sie wirkte ruhig und entspannt, weit entspannter, als er erwartet hatte, in der großen und zugigen Villa, die sie geerbt hatte.

Vierzehn Jahre lang sollte er in dieser alten Villa leben. Als Turid Lammers' Partner. Und noch immer lebte er in Kongsberg. In der ersten Zeit pendelte er zum Ministerium nach Oslo. Wer war Turid Lammers? In Oslo war sie eine attraktive Frau im Großstadtgewimmel gewesen, die er zufällig kennengelernt und in die er sich verliebt hatte. Jetzt war sie nach Hause zurückgekehrt und sogar in ihr Elternhaus gezogen und lebte innerhalb eines Rahmens, der bei ihr früher nur als sporadische (und äußerst charmante) Eigenheit existiert hatte. Als ihr Liebhaber in Oslo hatte ihn vor allem der französische Teil ihrer Vergangenheit angezogen, die sieben Jahre in Frankreich, die sie klüger gemacht hatten (wie er annahm) und ihren Bewegungen diese angelernte Anmut verliehen hatten, ohne die er (aufgrund der heimlichen Affäre, von der sie ihren Glanz bezogen) nicht leben konnte. Insbesondere die Handbewegungen. Die mediterrane Art, die Hände als ästhetisches Zubehör zu dem, was der Mund von sich gab, einzusetzen, hatte ihn auf fast kindliche Art und Weise fasziniert und bewogen, kaum auf das zu hören, was sie sagte, so fasziniert war er von der Art, wie sie es ausdrückte. So hatte er nur im Vorbeigehen an ihrer kleinstädtischen Seite teilgehabt, die überdies im Rahmen ihrer exotischen südländischen Ausdrucksweise zum Vorschein kam. Die Französin, die von ihrer unmöglichen Schwester in Kongsberg erzählte. Doch nun gestaltete sich das Ganze zu der Wirklichkeit, in der Turid Lammers und somit auch er lebten. Der Familie Lammers hatten seinerzeit halb Kongsberg und Umgebung gehört. Wälder, Felder, Läden, Grundstücke, Holzfabriken etc. Doch als ihr Vater starb, waren nur noch der Blumenladen und eine Tankstelle übrig, neben der alten Lammersschen Villa. Die Schwester erhielt die lukrative Tankstelle, die ihr Mann betrieb, und Turid bekam nach langem Hin und Her die Villa, während der Blumenladen je zur Hälfte an beide Schwestern ging. Das alles führte zu Streitereien, die noch nicht beendet waren, als Bjørn Hansen nach vierzehn Jahren endlich aus der Lammersschen Villa auszog, um sich allein eine Wohnung zu nehmen. Die Frage war im Grunde, wer von ihnen am korrektesten das Erbe, den Namen Lammers, weiterführte.

Dem Anschein nach war Turid Lammers weit über

derlei erhaben, und das glaubte auch ihr Partner Bjørn Hansen lange Zeit. Sie war von ihrem ganzen Wesen her antispießbürgerlich, verachtete alles Gerede über Geld und die Art und Weise der Schwester, Dinge an sich zu raffen, wie sie sagte, und das meinte sie ganz aufrichtig, und wenn ihr bei einer Essenseinladung, die sie in der Lammersschen Villa gaben, eine 200 Jahre alte Sauciere aus den Händen glitt und auf dem Boden zerbrach, wobei die Sauce zwischen den Porzellanscherben hervorsickerte, lachte sie, und ihre Augen strahlten förmlich, als sie ausrief: Dies ist ein historischer Augenblick! Zweihundert Jahre sind mir aus den Fingern geglitten und zu nichts geworden! Zum stehenden Applaus der Gäste. Aber Bjørn Hansen wußte, daß sie der Anblick der zerbrochenen Sauciere wurmte. Denn als dies geschah, lebte er bereits seit zwei Jahren mit ihr zusammen, als der Mann an ihrer Seite.

Dies war hingegen nicht der Fall, als er eines Abends aus Oslo und dem Ministerium zurückkam und sie ihm beim späten Abendessen die aktuelle Ausgabe des *Lågendalsposten* herüberschob und auf eine Annonce zeigte. Bjørn Hansen betrachtete sich selbst als schwermütigen, introvertierten und wenig spontanen Menschen. Bei der Annonce handelte es sich um eine Stellenanzeige, die Stelle eines Kämmerers in Kongsberg stand qualifizierten Bewerbern offen. Bjørn Hansen las die Anzeige und sah Turid anschließend fragend an. Hatte etwas am Wortlaut der Anzeige ihren antibürokratischen Sinn für Humor geweckt? Aber Turid zeigte erneut auf die Annonce und sagte: »For you, my dear. Kämmerer, das müßte doch etwas für dich sein.« Bjørn Hansen sah sie noch einmal an. Er lachte: »Ja, warum nicht?«

Ja, warum nicht? Warum sollte er sich nicht als Kämmerer in Kongsberg bewerben, wo er schließlich schon in dieser Stadt wohnte? Gesagt, getan. Bjørn Hansen bewarb sich in aller Form um die Stelle als Kämmerer in Kongsberg.

Was ist ein Kämmerer? Ein Kämmerer ist ein Steuereintreiber. Er ist derjenige, der die Verantwortung dafür trägt, daß Steuern und Abgaben, die dem Staat und der Kommune zustehen, zur rechten Zeit bezahlt werden, und der die erforderlichen Maßnahmen ergreift, sollte dies nicht geschehen. Ursprünglich war die Arbeit des Steuereintreibers eine angesehene Position, es war der Vogt oder Amtmann, dem diese Aufgabe zufiel, und er war der Mann des Königs. Später wurde daraus der Kämmerer. Er war ein kommunaler Staatsdiener, verantwortungsvoll und respektiert, hatte jedoch eine Position inne, die aus der städtischen Struktur heraus entstanden war, und die Tatsache, daß der Steuereintreiber nicht länger Vogt, sondern Kämmerer war, kann als Ausdruck dessen gesehen werden, daß der Staat seinen Charakter änderte von einem Beamtenstaat zu einem Staat, der auf einer erweiterten lokalen Demokratie gründete. Der kleinstädtische Kämmerer des 20. Jahrhunderts war kein königlicher Beamter, er rekrutierte sich aus der täglichen Routine der norwegischen Stadt, in der er tätig war, er hatte zumeist keine akademische Ausbildung, war ein Mann der Handelsschule oder des Wirtschaftsgymnasiums, der die Dienstgrade in der Kämmerei erklommen hatte.

Als Bjørn Hansen seine Bewerbung einreichte, war dies gegenüber dem Beamtenapparat keine freundliche Geste. Mit seinem Staatsexamen und seiner ministerialen Praxis war er im Grunde überqualifiziert und zog somit an zwei langjährigen Mitarbeitern der Behörde vorbei, die sich in letzter Zeit mißtrauisch beäugt hatten, weil sie sich beide für ausreichend qualifiziert hielten, um an der Spitze zu stehen. Bjørn Hansen schnappte den beiden den Titel vor der Nase weg. Und die beiden verbündeten sich unmittelbar gegen ihn, von jenem Tag an, an dem der Zuzügler, der mit Turid Lammers in der Lammersschen Villa wohnte, ein 32jähriger Snob mit zuviel Abitur, ein Kind der Überflußgesellschaft, zum ersten Mal sein Büro und seine Mitarbeiter in Augenschein nahm.

Er war nach Kongsberg gezogen. Und er hatte sich dank eines törichten Einfalls um die Stelle des Stadtkämmerers beworben und sie bekommen. Im Grunde zuckte er darüber mit den Schultern. Warum um alles in der Welt sollte er Kämmerer werden? Ausgerechnet Kämmerer? Was für eine Idee, dachte er verwundert. Aber Turid ging durch die Räume der Lammersschen Villa und sang: Mein Mann ist Kämmerer. Mein Mann ist Kämmerer. Ich wohne bei einem Kämmerer. Ich wohne bei einem Kämmerer. Bjørn Hansen sah sie bewundernd an. Er mußte lachen.

Turid Lammers' Heiterkeit hatte etwas Dreistes, das ihn faszinierte. Davon angetrieben und mit einem Achselzucken machte er sich an die tägliche Arbeit. Dachte er darüber nach, daß diese Arbeit gelinde gesagt eine karrieremäßige Sackgasse war? Nun, das wußte er wohl und zuckte dennoch mit den Schultern. Es war ihm wichtiger, eine Stelle in Kongsberg zu haben, denn er war das Pendeln allmählich leid (es zehrte auch an ihrer Beziehung). Er hätte nichts dagegen gehabt, weiterhin im Ministerium zu arbeiten, aber nicht, wenn er in Kongsberg wohnte. Und jetzt wohnte er in Kongsberg, das war eine Tatsache.

Bjørn Hansen war in einer Stadt am Oslofjord als Sohn mittelloser Eltern aufgewachsen. Er kam aus ärmlichen Verhältnissen. Dennoch fiel es ihm dank seines ausgeprägten Verstandes leicht, das Gymnasium zu besuchen. Mit neunzehn machte er sein Abitur, und nach sechzehn Monaten Militärdienst mußte er sich entscheiden, was er im Leben werden wollte. Bjørn Hansen beschloß, zum Studieren nach Oslo zu gehen. Eigentlich interessierte er sich am meisten für Kunst und Literatur, Philosophie und den Sinn des Lebens, aber er entschied sich für ein wirtschaftswissenschaftliches Studium. Insbesondere deshalb, weil er immer gut im Rechnen und in Mathematik gewesen war, aber auch weil er das unbestimmte Gefühl hatte, im Leben nach oben und vorwärtsstreben zu müssen, um nicht in der gleichen Armut zu landen wie seine Eltern, er wollte um jeden Preis weg von der elenden Plackerei, und auch wenn Kunst und Literatur, Philosophie und der Sinn des Lebens für ihn nicht gleichbedeutend waren mit elender Plackerei, waren sie dennoch allzu luxusbetont für ihn. Kunst und Literatur waren keine Studiengänge für ihn, es waren Interessen, denen man in der Freizeit nachgehen konnte, es waren keine

Ressourcen, auf deren Grundlage man sich eine Anstellung verschaffte, was das Studium für ihn mit seiner wahrhaft biedermännischen Vernunft repräsentierte. Deshalb Wirtschaftswissenschaften. Aber es gab zwei Arten, Wirtschaftswissenschaften zu studieren, man konnte Betriebswirt werden (in Bergen) oder Volkswirt (in Oslo). Für Bjørn Hansen war es die Volkswirtschaftslehre. Das Studium der Betriebswirtschaftslehre führte in die Privatwirtschaft, in den gewiß interessanten Dschungel, den diese darstellte, dem aber Bjørn Hansens Ausgangsbasis, seine Moral, seine soziale Intelligenz etc. so fern standen, daß diese nicht in Frage kam. Aus einer Art sozialem Bewußtsein heraus entschied er sich für die Volkswirtschaftslehre und folglich auch für eine berufliche Stellung innerhalb der öffentlichen Verwaltung. Er entschied sich dafür, Staatsdiener zu werden, aus Mangel an Alternativen.

Als er Turid Lammers kennenlernte, arbeitete er bereits seit sechs Jahren im Ministerium (In den achtzehn Jahren, die seit seiner Ankunft in Kongsberg vergangen waren, sagte Bjørn Hansen stets: Ich habe im Ministerium gearbeitet, aber nie in welchem), und wenn ihn jemand fragte, in welchem Ministerium denn, antwortete er nur: Ach, in irgendeinem Ministerium, ich weiß es nicht mehr so genau, und dabei blieb er, auch wenn alle Welt wußte, daß er log und im Begriff gewesen war, langsam die Dienstgrade nach oben zu klettern. Dagegen hatte er nichts gehabt, er hatte es als etwas ganz Natürliches angesehen und konnte sich gut vorstellen, Ministerialrat oder Ministerialdirektor zu werden, ihm gefiel es im Ministerium, er fand es interessant, Budgetvorlagen zu erstellen, und es fehlte ihm auch nicht am nötigen Verständnis dafür, daß die Budgetvorlagen, an denen sie saßen, in unterschiedlichen Ausprägungen für das gewöhnliche Leben Hunderttausender Norweger von praktischer Bedeutung werden würden, ein Gedanke, der mitnichten dazu beitrug, daß man das Interesse an seiner Arbeit verlor. Es war eine vernünftige Arbeit, die Bjørn Hansen ausführte, und er konnte sich gut vorstellen, ihr weiterhin nachzugehen. Aber als ihn Turid halb scherzhaft aufforderte, sich als Kämmerer in Kongsberg zu bewerben, hatte er kein Problem gehabt, seiner Karriere im Ministerium Lebewohl zu sagen, und sie hatte ihm in den achtzehn Jahren, die vergangen waren, nicht gefehlt.

Wurde er Turids wegen Kämmerer? Er wäre jedenfalls niemals ohne ihre Anregung Kämmerer geworden. Ohne ihre Heiterkeit beim Gedanken, ihr Partner könne Stadtkämmerer werden. Es war ziemlich idiotisch, Turids Augen funkelten, und er dachte: Ich tu's! Verflucht, dann tu ich's eben, und spürte im gleichen Moment eine wilde Befriedigung darüber, daß er es tatsächlich tun wollte. Dies war der endgültige Bruch gewesen mit allem, was war. Dies band ihn endgültig an Turid Lammers. An diese Stadt. An ihre Beziehung hier in der großen, verfallenen Lammersschen Villa. An das Abenteuer, das bereits so viele absurde Züge angenommen hatte und von dem er immer noch gleichermaßen fasziniert war.

Aber zu Turids (und im Grunde auch zu seiner eigenen)

Verwunderung hatte er seine Arbeit von der ersten Minute an mit großem Ernst, ja nahezu mit Leidenschaft angepackt. Zum Teil, weil er von der ersten Minute an spürte, wie ihm in der Kämmerei der Widerstand der beiden, die übergangen worden waren, entgegenschlug. Wenn er ehrlich sein sollte, fand er, daß er sich den beiden gegenüber etwas schäbig verhalten hatte. Es war schließlich ihre Stelle gewesen, sie hätten um sie konkurrieren sollen, und derjenige, der sie nicht bekommen hätte, hätte bis in alle Ewigkeit dem anderen gegenüber Groll gehegt und ihn intensiv bekämpft, in aller Stille, aber mit aller erdenklichen Niedertracht, anstatt sich wie jetzt mit ihm zusammenzutun, ja allmählich sogar als guter Bekannter, mit aller Boshaftigkeit gegen ihn, den neuen Kämmerer. Er, der einfach in diese Führungsposition hineinspaziert war (er hatte 16 Untergebene), war ziemlich gefordert. Intrigen und Niedertracht. Wieviel Niedertracht sich ein circa fünfzigjähriger Beamter einer Kämmerei, der sich hintergangen fühlte, indem ihm sein natürlicher Höhepunkt als Stadtkämmerer vorenthalten worden war, ausdenken kann, ist absolut unbeschreiblich. Und wenn es, wie in diesem Fall, zwei vom gleichen Schlage waren, zwei aus dem gleichen Holz geschnitzt, wie man sagt, konnte die Stimmung in der Kämmerei zuzeiten mehr als angespannt sein. In den Ecken lag kein Staub, wie die Leute gerne von Behörden annehmen, in denen sich täglich trockene, eingerostete Amtspersonen aufhalten, sondern eine schwelende Glut. Doch diese Atmosphäre stählte ihn, machte ihn reifer, wenn nicht als Mensch, so doch in jedem Fall als Kämmerer, und das war es schließlich, was in diesem Fall von Bedeutung war.

Ein weiterer Grund dafür, daß Bjørn Hansen vom ersten Tag an seine Stelle als Kämmerer von Kongsberg mit einer Ernsthaftigkeit ausfüllte, die an Leidenschaft erinnerte, war, daß es nun einmal seine Arbeit war. Er hatte sich auf eine Stelle beworben und sie bekommen. Sie war nicht seine Lebensaufgabe, aber seine Arbeit. So wie Bjørn Hansen es sah, war die Arbeit ein notwendiges Übel. Wie wir bereits gehört haben, hatte er sein Studium danach ausgewählt, für welches notwendige Übel er sich qualifizieren wollte. War die Arbeit getan, konnte man sich dem eigentlichen Lebensinhalt hingeben, der für Bjørn Hansen ganz offensichtlich in einer Frau bestand. Darin, mit einer Frau zusammenzuleben, Turid Lammers. Doch zunächst war man verpflichtet, sich am sozialen Einsatz zu beteiligen, den die Arbeit darstellte, damit sich die Räder überhaupt drehten, kurzum, damit die Gesellschaft funktionierte, so daß es beim Schlachter Steaks gab, Schulen für Kinder und Jugendliche, Kleider zum Anziehen, Lichtschalter im Eingangsbereich, fließend Wasser aus dem Hahn, Radios, für die jemand die Aufgabe übernommen hatte, darin zu sprechen, andere, sie herzustellen, wieder andere, sie in Geschäfte zu bringen, die jemand sich auferlegt hatte zu führen, und wenn das Radio kaputtging, hatte es sich jemand zur Aufgabe gemacht, es zu reparieren, so drehten sich die Räder, und wenn dichter Schnee auf Kongsberg fiel, standen die Bagger bereit und verschlangen die kompakten Schneewälle, damit sich neuer

Schnee an den Straßenrändern anhäufte, als Schneewall, damit sich die Räder drehen konnten. In diesem Zusammenhang hatte Bjørn Hansen die Aufgabe übernommen, die Behörde zu leiten, die die erforderlichen Mittel für die Kommune und das Land eintreiben sollte. Er war in dieser Provinzstadt zum unerbittlichen Steuereintreiber des Staates geworden. Des Staates strengem Diener.

Kongsberg liegt im Landesinnern von Norwegen. Am Fluß Lågen, der in einem hübschen Bogen um die Stadt fließt und das Alte Kongsberg vom Neuen Kongsberg trennt. Eine stattliche Brücke verband die beiden alten Städte miteinander und war mit realistischen Skulpturen geschmückt, die Arbeiten wie den Bergbau und die Holzflößerei priesen. Das moderne Zentrum glich allen anderen Städten Norwegens und hatte seine Hauptstraßen mit Geschäften, in denen man alles im Überfluß kaufen konnte, was die moderne Zivilisation zu bieten hatte, von Stricknadeln bis zu hochentwickelten Computern. Hier begegnete man der Geschäftigkeit. Im alten Zentrum lag der größte Teil der städtischen Verwaltung, umgeben von baufälligen Holzgebäuden aus der alten Zeit, das heißt von Anfang der 1970er Jahre. Eine prächtige Kirche auf der Anhöhe. Ein äußerst ehrwürdiges Polizeirevier in einem alten Patrizierhaus. Ein düsteres Gefängnis, alles um den Kirchplatz herum angeordnet. Ansonsten die Feuerwache und nicht zu vergessen ein Rathaus mit seinen verschiedenen Funktionen.

Die Stadt war um den Abbau von Silbererz herum entstanden. Hier befanden sich die einzigen Silberminen des

Königreichs Dänemark-Norwegen, weshalb die Stadt von Christian IV. im 17. Jahrhundert gegründet worden war. Hier hatten Tausende Arbeiter und deutsche Bergbauexperten samt dänischen Beamten gelebt.

Die Stadt hatte eine schöne Lage, umgeben von Bergen, die vom Frühjahr bis zum Herbst grün waren und im Winter weiß. Hier lag die Kongsberger Waffenfabrik und die Münzprägeanstalt des Königs, die immer noch norwegische Münzen anfertigte. Hier gab es weitere Industrieanlagen, hier gab es Geschäfte, Händler, Zahnärzte, Rechtsanwälte, Ärzte, Angestellte, Verkäuferinnen, Büroangestellte, Lehrer, Kommunalbeamte – und Arbeiter. Sie alle mußten Steuern zahlen.

In diese Stadt fügte sich Bjørn Hansen erstaunlich schnell ein. Auch als Kämmerer. Er grüßte innerhalb kürzester Zeit eine Reihe von Leuten, denen er auf dem Weg von der Lammersschen Villa zum Rathaus, in dem die Stadtkämmerei untergebracht war, begegnete. Zweimal täglich ging er diese Strecke, morgens hin, am Nachmittag zurück. Den größten Teil des Arbeitstages verbrachte er im Büro, unterbrochen von Sitzungen mit dem Stadtrat, dem er über die aktuellen Steuereinnahmen Bericht erstattete und dabei prüfte, inwieweit die Prognosen, die im Haushaltsplan aufgeführt standen, eingetroffen waren. Es war ein angenehmes Leben, die Arbeit war verantwortungsvoll, ohne daß man Gefahr lief, sich zu überanstrengen. Es waren größtenteils Routinearbeiten, und war man mit ihnen vertraut, lief alles mehr oder weniger von selbst. Es kam nie vor, daß er Arbeit mit nach Hause nahm. Er hatte den Eindruck, daß man ihn überall freundlich empfing. Wenige schienen darüber nachzudenken, daß er die furchteinflößende Autorität der Staatsmacht verkörperte, die mit harter Hand unbezahlte Steuerschulden und ausstehende Umsatzsteuerzahlungen eintrieb. Wenige schienen darüber nachzudenken, daß, wenn er seinen Namen, seine Unterschrift, unter einen offiziellen Brief setzte, dies bedeutete, daß der Staat sein Recht einforderte, ohne Nennung von Gründen. Mit dem Namen Bjørn Hansens, des Kämmerers, auf einem Brief rückten seine Mitarbeiter aus, klingelten bei Privatleuten, traten höflich ein und nahmen, ungeachtet der Proteste, Fernseher, Möbel, Gemälde mit als staatliches Pfand für ausstehende Zahlungen. Er beantragte sogar bei Geschäften und Betrieben Konkurs, mit den entsprechenden Konsequenzen, nicht nur für die unglücklichen Besitzer, sondern ebensosehr, wie sich zeigte, für diejenigen, die im Schweiße ihres Angesichts für diese Geschäfte und Betriebe gearbeitet hatten. Doch wenn er durch die Straßen lief, grüßten ihn die Leute freundlich, und er grüßte freundlich zurück. Trotz der Gerüchte über interne Streitereien in der Kämmerei, wo er, der Zuzügler, gegen zwei ehrwürdige und treue Kongsberger Arbeitstiere kämpfte, gab es nicht wenige, die dem neuen Kämmerer auf der Straße zunickten. Schuld daran war zum Teil, daß er dank seiner Tätigkeit mit ziemlich vielen Einwohnern der Stadt in Kontakt kam, nicht zuletzt Gewerbetreibenden und Menschen, die ein öffentliches Amt bekleideten, doch der Hauptgrund war wohl, daß die meisten, die er grüßte, Mitglieder des gleichen Vereins waren wie er, nämlich der Kongsberger Theatergruppe.

Denn er war Mitglied der Kongsberger Theatergruppe geworden, ein ziemlich eifriges Mitglied sogar. Turid Lammers war es gewesen, die ihn mitgeschleppt hatte. Sie hatte in ihrer Jugend Laientheater gespielt, und als sie nun wieder in ihre Heimatstadt zurückkehrte, zögerte sie nicht lange, sich erneut der Kongsberger Theatergruppe anzuschließen, der viele ihrer Jugendfreunde noch immer angehörten. Und Turid Lammers hatte sich in den Jahren ihrer Abwesenheit sogar weitergebildet. Sie hatte in Norwegen wie in Frankreich Theaterwissenschaft studiert und unterrichtete neben den allgemeineren Fächern Englisch und Französisch am Kongsberger Gymnasium Schauspiel. Sie war eine wertvolle Stütze, wurde mit offenen Armen empfangen, und es dauerte nicht lange, bis sie Bjørn überredete mitzukommen. Er wehrte sich und behauptete, kein Schauspieler zu sein, doch sie sagte, daß es noch allerhand andere Dinge zu tun gäbe, es ginge schließlich vor allem um die Szene. Aber Bjørn Hansen meinte, da er kein Schauspieler sei, würde er es nur zu einem zweitklassigen Mitglied der Theaterszene bringen, und das wolle er nicht. Turid protestierte lauthals und behauptete, sie sei sicher, daß er ein guter Schauspieler werden könne, er habe es einfach noch nicht probiert. Außerdem seien in der Kongsberger Theatergruppe alle gleich, das sei ein Prinzip, man wechsle sich bei den Hauptrollen ab, und alle würden einbezogen, es erfordere schließlich unglaublich viel, einen ganzen Abend zu bestreiten. Es endete damit, daß Bjørn einwilligte, er folgte seiner Partnerin zu den Proben, wurde Mitglied, und schon gehörte er dazu.

Die Kongsberger Theatergruppe studierte ein Stück pro Jahr ein, dies war das Ereignis des Jahres. Sechsmal wurde es gespielt, im Kongsberger Kino, im Spätherbst, nachdem sie das Stück seit der Adventszeit des Vorjahrs geplant hatten. Bei der ersten Vorstellung wurde Bjørn Hansen als Mann für alles und als Bühnenarbeiter eingesetzt. Er machte Besorgungen, schrieb Anträge, half bei der Organisation des Kartenverkaufs, war Kassierer und behilflich beim Erstellen eines Haushaltsplans, machte für die nächste Aufführung in der Kämmerei wie auch im Rathaus mächtig Reklame, und als die Zeit der Aufführung kam, fand man ihn hinter der Bühne damit beschäftigt, Kulissen zu verschieben und die Bühne von Akt zu Akt zu verändern, bei geschlossenem Vorhang, während das vollzählige Publikum im Saal das Verschieben schwerer Möbel hören konnte, die über den Boden gezogen wurden, sowie ein lautes Plumpsen, wenn der Sessel von einem schwitzenden Bjørn Hansen abgestellt wurde. Der sich in der nächsten Sekunde, als der Vorhang aufging, hinter den Kulissen befand, gespannt darauf, wie sich die nächste Szene ausnehmen würde, ob das Publikum mitging und ob sich der Singende Zahnarzt Hermann Busk an diesem Abend selbst übertreffen würde, als er nervös die letzten Schritte ins Rampenlicht machte, an Bjørn Hansen vorbei, der ergriffen toi toi toi flüsterte, kaum hörbar für jemand anderen als ihn selbst.

Ja, er wurde hineingezogen. Ihm gefiel das Umfeld um das Laientheater. Er lernte Menschen kennen. Turid und er hatten nun ein gemeinsames Freizeitinteresse, das fast zu einer Leidenschaft wurde. Turid wurde in der Theatergruppe zur treibenden Kraft, schließlich war sie fast ein Profi, da sie nun einmal Schauspiellehrerin war. Sie liebte es, Theater zu spielen, und sie wußte, wie sie den Saal in den Griff bekam, Bjørn Hansen stand hinter den Kulissen und spürte, wie sich die Einwohner Kongsbergs von seiner Partnerin, der Frau, deretwegen er hier war, regelrecht verführen ließen, und er war äußerst stolz. Er sah sie an, wenn sie wieder nach hinten kam, nachdem sie ihr Publikum im Sturm genommen hatte, am ganzen Körper zitternd und mit träumerischem, nach innen gekehrtem Gesichtsausdruck. »Klasse«, flüsterte er, und sie fuhr zusammen, bevor sie weitereilte, zur Garderobe, um sich auf den nächsten Auftritt vorzubereiten. Doch, Turid Lammers' Rückkehr nach Kongsberg war für die Kongsberger Theatergruppe ein wahrer Segen. Sie wurde zur zentralen Figur. Sie konnte alles, auf wie hinter der Bühne. Doch sie war keine Primadonna. Sie übernahm beispielsweise niemals die Hauptrolle, diese überließ sie anderen. Sie zog es vor, in Nebenrollen zu brillieren, zentralen Nebenrollen zwar, aber nie in der Hauptrolle. Die anderen forderten sie ständig auf, die Hauptrolle zu übernehmen. Aber sie wollte nicht. Das wäre nicht richtig, sagte sie. Doch außerhalb der Bühne gehörte die Hauptrolle ihr, ihre Ideen zu den Kostümen trugen stets den Sieg davon. Die Wahl der Stoffe war in letzter Instanz ihre. Wenn der avisierte Regisseur nicht nach Turid Lammers' Geschmack war, wurde er eben doch nicht Regisseur. Die Lammerssche Villa wurde zu einem natürlichen Zentrum für die Vorbereitungen der Theatergruppe, hier wurden Kostüme genäht, Ideen geboren, Feiern abgehalten. Hier gingen die Freunde der Theatergruppe nach Belieben und zu jeder gewünschten Tageszeit ein und aus. Hierher kam Jan Grotmol, ein Adonis, der bei der Eisenbahn arbeitete. Hierher kam Brian Smith, Ingenieur der Kongsberger Waffenfabrik und mit seinem tiefen Baß und seinem gebrochenen Norwegisch ein garantierter Erfolg. Und Frau Smith, die nur englisch konnte, aber ausgebildete Handarbeitslehrerin war (im Klöppeln). Hierher kamen Dr. Schiøtz vom Krankenhaus und der alte Postamtsvorsteher Sandsbråten. Hierher kamen die hübschen und ewig dankbaren Frauen, denen Turid Lammers die Hauptrollen überließ. Hierher kam Zahnarzt Herman Busk, der Bjørn Hansens bester Freund werden sollte, hierher kamen alte Verkäufer, junge Studenten, Gärtner, Schweißer und nicht zuletzt eine Menge Lehrer jeglichen Alters, beiderlei Geschlechts und an sämtlichen Schulen des Bezirks Kongsberg beschäftigt, sowie Vertreter des Gesundheitswesens. Und zwei Arbeiter.

Die Theaterszene war enthusiastisch, neigte jedoch ein wenig zum Hochmut. Man betrachtete sich selbst als reinste Energiebündel und sah in diesem Hobby eine Berufung, denn es gab in allen Menschen eine lebenspendende Kraft, die häufig unterdrückt wurde, gezähmt, sich bei ihnen jedoch frei entfalten konnte, im Theater, in den Auftritten, im Spiel. Der spielende Mensch oder Homo ludens, wie sie sagten, war ihr Ideal, und es war nun also auch Bjørn Hansens Los, im Leben ein Vertreter dieser Spezies zu werden. Denn er war ja bereits Teil des Ganzen, schlicht und einfach in seiner Eigenschaft als Turid Lammers' Partner, aber auch, weil er ihre Faszination voll und ganz teilte, indem er vor der Vorstellung hinter dem Vorhang stand und durch einen Schlitz in den Saal schaute, um zu sehen, wie das Publikum in dem erleuchteten Kinosaal erwartungsvoll auf die Plätze strömte, kurz bevor der Vorhang aufging. Sie spielten entweder Lustspiele oder Operetten, es war jedes Jahr eine Streitfrage innerhalb der Theatergruppe, ob sie reine Lustspiele spielen sollten, insbesondere Verwechslungskomödien, bei denen der Erfolg garantiert war, oder ob sie sich an Operetten wagen sollten, die komplexer waren, und in der Regel waren es Operetten oder Musicals, die den Sieg davontrugen. *My Fair Lady. Im weißen Rößl. Oklahoma. Bør Børson.* Das war in den 1970er Jahren. Bjørn Hansen hatte sein Debüt in *Oklahoma*, als Statist. Er war ein Cowboy, der zum Chor gehörte, in Cowboykluft tanzte, sich ein paar Tanzschritte angeeignet hatte und mit der Stimme sang, die nun einmal seine war. Es ging gut. Später nahm er jedes Jahr teil und konnte mit der Hand auf dem Herzen sagen, daß wenige Norweger öffentlich mehr Refrains von Operettenliedern gesungen hatten als er. Obwohl er vorher noch nie auf der Bühne gestanden hatte, ging es gut. Es verwirrte ihn nahezu, aber Turid Lammers sagte, es wundere sie nicht, und sie fügte hinzu, würden sie nicht als Mann und Frau zusammenleben, würde sie ihn nächstes Jahr für eine wirklich große Rolle vorschlagen.

So hatte sich Bjørn Hansens Leben entwickelt. So war das Leben. In Kongsberg. Zusammen mit Turid Lammers, der Frau, mit der er zusammenleben mußte, weil er fürchtete, sonst alles zu bereuen. Turid Lammers war der Mittelpunkt eines Kreises. Ihre Schönheit und ihre Raffinesse blendeten alle. Warum heirateten sie nicht? Weil Bjørn Hansen annahm, daß Turid Lammers eine solche Frage aus seinem Mund für unter seiner Würde hielt. Hatte er nicht alles verlassen und war nach Kongsberg gekommen, um mit ihr zusammenzuleben, ohne Garantien? Für die anderen in dem Kreis war Bjørn Hansens Anwesenheit in der Lammersschen Villa etwas ganz Natürliches. Er war ein Mann, der die Chance erhalten hatte, alles zu verlassen, und noch dazu mit Turid Lammers. Wenn Bjørn Hansen sah, wie sich Turid Lammers in dem Kreis um die Kongsberger Theatergruppe entfaltete, dachte er genauso. Aber er hatte auch etwas anderes an ihr entdeckt, und zwar, daß sie ständig nach etwas strebte, das längst untergegangen war, das nicht länger existierte. Turid Lammers wollte nirgendwohin, es gab keine Richtung in ihrem Leben, außer da zu sein, wo sie war, und zu funkeln. Die ganze Begeisterung, die ganzen Pläne, die ganze Energie, die sich in jeder Stunde des Tages entfaltete, im Gymnasium, im Blumenladen, in der Theatergruppe, im Zusammenleben mit Bjørn Hansen, hatte als einziges Ziel den jeweiligen Augenblick.

War es ein riskantes Spiel? Jedenfalls wachte er eines

Nachts auf, und sie lag nicht neben ihm. Es mag ein Jahr nach seiner Ankunft in Kongsberg gewesen sein. Er hatte sich an sein neues Leben gewöhnt. Er sah, daß sie nicht da war. Er sah auf die Uhr. Vier Uhr. Sie war am Abend zu einer Probe gegangen. Er konnte nicht mehr einschlafen und wälzte sich im Bett hin und her. Als sie kam, war es halb sechs. Wo war sie gewesen? Wo sie gewesen war? War sie etwa kein freier Mensch? Bjørn Hansen wollte sich auf dieser Prämisse nicht auf eine Diskussion über die Freiheit des Menschen einlassen und legte sich wieder schlafen. Als er zwei Stunden später aufstand, saß sie am Frühstückstisch wie immer. Sie erzählte, daß sie sich die ganze Nacht mit Jan unterhalten habe, bei ihm zu Hause, in seinem Zimmer. Bjørn Hansen nickte. Jan war der bildhübsche Eisenbahner, der die Rolle des Sigismund im *Weißen Rößl* innehatte, das sie gerade probten, er hatte eine Szene mit Turid Lammers zusammen.

»Aha.«

»Aha, aha, ist das ein Grund, eifersüchtig zu sein?«

»Ich bin nicht eifersüchtig!«

»Du bist nicht eifersüchtig?«

Turid Lammers lachte. Laut, spöttisch. Sie insistierte, bis Bjørn Hansen zugab, daß er eifersüchtig gewesen war und daß unter allen Gedanken, die ihn gequält hatten, auch der gewesen war, sie könne mit Jan zusammensein.

Und es hatte gestimmt. Er war tatsächlich eifersüchtig gewesen. Er hatte gewußt, daß Jan zu der gleichen Probe wollte wie sie, und als er um vier Uhr wach geworden war und sie nicht neben ihm schlief, hatte er gedacht, sie läge vielleicht woanders und schliefe, zusammen mit einem Adonis von der Eisenbahn, jenem Homo ludens, der plötzlich ihr innerstes Begehren geweckt hatte. Er hatte sich verlassen gefühlt und große Angst gehabt, sie zu verlieren. Turid freute sich über das Geständnis. Sie versicherte ihm, daß es seiner unwürdig war, eifersüchtig zu sein, und daß es im Grunde auch eine Kränkung ihrer Person war. Nichts war vorgefallen, und das hätte er wissen müssen. Sie hatte ins Gespräch vertieft mit Jan zusammengesessen. Die Stunden waren verflogen, denn Jan hatte von seinen Erwartungen an das Leben erzählt, und sie hatte zugehört. Sie hatte einem jungen Mann zugehört, der immer noch glaubte, das Leben sei etwas, das eigentlich völlig woanders gelebt werden solle als hier, und der sich nach diesem Ort sehnte, und sie war so verzückt gewesen über die plötzliche Offenheit dieses Mannes, der ja so schön war und von einem anderen Ort träumte, daß sie völlig die Zeit vergessen hatte. Hätte sie gewußt, wie spät es schon war und daß er von diesen Gedanken gequält wurde, wäre sie längst gegangen. Aus irgendeinem Grund glaubte Bjørn, was sie sagte, und er glaubte seitdem allen ihren Beteuerungen, daß nicht mehr gewesen sei.

Denn es kam vor, daß Turid Lammers ähnlich spät nach Hause kam, nach einer Probe, auf der *sie* gewesen war und nicht er, und es kam ebenfalls vor, daß sie äußerst widerwillig von einer Probe aufbrach, an der sie beide teilgenommen hatten, oder von einem Fest, von denen es im Kreis der

Theatergruppe viele gab, um ihn nach Hause zu begleiten, weil *er* aufbrechen wollte, sie aber nicht, denn sie saß funkelnd vor einem Mann, einem echten und selbstbewußten Homo ludens, im Theaterkostüm, der jetzt, inspiriert von ihrer Nähe, ein Repertoire spielte, das ihn zum Äußersten trieb, mit eigenem Text, in diesem Augenblick empfangen, der nun zusammenfiel, weil sie aufstehen und mit ihrem Partner nach Hause gehen mußte, weil die Kämmerei am nächsten Morgen um neun Uhr öffnete und aus irgendeinem unbegreiflichen Grund nicht länger funktionieren würde, wenn der Kämmerer nicht eine bestimmte, von ihm eigenmächtig festgelegte Anzahl Stunden Schlaf bekommen hatte. Unbegreiflich. Das Kongsberger Gymnasium stand schließlich fest und unerschütterlich da, auch wenn Studienrätin Lammers direkt von einem Fest der Theatergruppe zum Katheder ging, und die Examenszeugnisse von Studienrätin Lammers' Klassen konnten das bestens belegen. Ja, sogar der Blumenladen der Schwestern Lammers öffnete morgens Punkt neun Uhr, und die Verkäuferinnen waren tatsächlich an ihrem Platz, und die Kunden blieben nicht aus, auch wenn die Jüngere der Schwestern Lammers die Nacht durchtanzen durfte, die Nacht durchtanzen, bis es hell wurde, anstatt von einem eifersüchtigen Partner unterbrochen und nach Hause geschleppt zu werden. In diesen Situationen lief Bjørn Hansen steif neben ihr her. Aber er glaubte ihren Beteuerungen und daß seine Angst, sie zu verlieren, völlig unbegründet war.

Doch warum war er dann eifersüchtig? Warum lief er

auf dem Heimweg vom Fest steif neben ihr her? Warum bebte er bisweilen vor unterdrücktem Zorn, wenn die Gäste der fröhlichen Theatergruppe die Lammerssche Villa nach einem Fest verlassen hatten und er seine eigentliche Botschaft an sie hinausschrie, das Gefühl, sie für immer verloren zu haben? Es wiederholte sich ein übers andere Mal. Turid Lammers als blendender Mittelpunkt. Der Kreis bewundernd um sie herum. Darunter ihr Partner Bjørn Hansen. Daß Turid der Mittelpunkt war, hieß nicht, daß sie in der Mitte saß, ganz im Gegenteil, zu Turid Lammers' Charme gehörte auch ihre Bescheidenheit. Sie überließ den anderen nicht nur die Hauptrollen, sie überließ den anderen auch den geometrischen Mittelpunkt, sie selbst saß am liebsten an den kleinen Tischen am Rand, wo sie zunächst von Frauen und Männern umgeben war, bis sie später nur noch von drei oder zwei Männern umringt dasaß und zum Schluß allein mit einem Mann, der plötzlich mit seinem eigenen Manuskript zugange war, das zum ersten Mal aufgeführt wurde, einem Lehrer, der die Lehrerschule in Eik besucht hatte und jetzt endlich den brillanten Text aufsagte, wie sehr er von den Bergen in der Umgebung Kongsbergs verzaubert wurde, denn endlich hatte er das Publikum bekommen, das sich ein jeder Laienschauspieler für seine stets schlummernden Monologe wünscht: zwei Sternenaugen, einen wartenden Mund, eine Frau mit französischen Handbewegungen, unnahbar und nahe zugleich, und er merkte nicht, daß sein ganzer, heimlicher Monolog, berechnet für eine geschlossene Veranstaltung, nur für sie, an einem diskreten Nebentisch, zu einem Massenauftritt wurde, wo er als der eine Statist alle die anderen verkörperte, auf Knien vor der bewunderten Turid Lammers, und warfen jetzt nicht alle Bjørn Hansen verstohlene Blicke zu? Nein, nur diejenigen, die im Laufe der Jahre neu hinzukamen, warfen ihm in der ersten Zeit verstohlene Blicke zu. Später nicht mehr. Denn alle lernten, daß Turid Lammers ihrem Bjørn treu war, was ihrer Bewunderung für sie keinen Abbruch tat, die sich hemmungslos bewundern und besiegen ließ, von einem Auserwählten, der verzaubert an ihrem Tisch saß, obwohl auch er wußte, daß er am Ende aufstehen und nach Hause gehen würde, allein. (Oder, wenn dem nicht so war, er jedenfalls alleine schlafen würde, denn Turid Lammers verließ das Haus oder die Wohnung oder das Zimmer des Auserwählten stets, ohne sich leidenschaftlich küssen zu lassen, höchstens sanft und schwermütig, ja, das kam vor, sie räumte es Bjørn gegenüber offen ein, auch wenn die ganze Nacht verstreichen konnte, bevor es geschah.) Das wußte Bjørn Hansen auch. Deshalb konnte er die Maske wahren. Aber kaum war die Theatergruppe aus dem Haus, brach er zusammen, und seine ganze Eifersucht kam zum Vorschein. Glaubte Turid Lammers. Die Wahrheit war, daß es von seiner Seite lediglich gespielt war. Er tat es ihretwegen.

Denn er wagte nicht daran zu denken, daß Turid vor dem auserwählten Theatermitglied des Abends ihren ganzen weiblichen Charme entfaltete, ohne daß ihr Partner in der Folge außer sich vor Eifersucht war. Er ertrug den

Gedanken nicht, sie so sehr zu verletzen. Was würde dann geschehen? Nachdem Jan sie drei Stunden lang umworben hat, steht er zusammen mit den anderen Gästen auf und geht. Sie ist allein. Ihr Mann sitzt im Zimmer nebenan und liest einen Roman, und jetzt kommt er zu ihr herüber und fragt freundlich: »Möchtest du eine Tasse Tee?« Dann könnte er ebensogut seine Sachen packen und ausziehen. Aus der Lammersschen Villa. Weg aus Kongsberg. Was sie miteinander verband, wäre dann verschwunden.

Also überwachte Bjørn Hansen seine Geliebte. Düster vor Eifersucht überwachte er sie, wie sie im Gespräch mit Gerichtsassessor Stabenfeldt oder dem theaterverrückten Per Brønnum zusammensaß, der ein echter Arbeiter war, den sie eine Weile auf ihre kokette Art umwarb und mit dem sie auch in dessen baufälliger Wohnung im Zentrum des Alten Kongsberg nächtliche Stunden verbrachte. Doch im Grunde kümmerte es ihn überhaupt nicht. Er glaubte nicht, daß Turid Lammers ihn betrog, er konnte es sich in seinen wildesten Phantasien nicht vorstellen, dann hätte sie es ihm geradeheraus gesagt.

Aber er brach in Eifersucht aus, zeigte ihr alle klassischen Anzeichen davon. Und er spielte auch nicht, er spürte die dunklen Irrwege der Phantasie in sich, die tiefe Einsamkeit und den düsteren Zorn, all das Abstoßende und Verstoßende, das alles durchdrang ihn düster und tief und bebend. Doch es war nur gespielt. Er saß die ganze Zeit über ganz kalt da und beobachtete sich selbst, wie er durch das Zimmer lief und verzweifelt Anklage gegen sie erhob, was sie sich bewegt anhörte. So hielt er sie hoch. So trug er sie auf Händen.

Er wußte es also. Er wußte, was er da trieb. Er hatte für sich beschlossen, mit Turid Lammers zusammenzuleben. In Kongsberg. Kämmerer in Kongsberg. In der Freizeit spielte er Laientheater. Seine Liebe zu ihr war so groß, daß er vor Eifersucht wahnsinnig werden konnte. Hatte er nicht alles verlassen, um in all seiner Intensität das Verführerische zu genießen, denn ohne diese Intensität, was blieb dann noch? Aber er wußte es also. Er wußte, was er da trieb. Er war sich vollkommen darüber im klaren, daß, nachdem er sieben Jahre mit ihr zusammengelebt hatte, sein wichtigster Beitrag zur Aufrechterhaltung ihrer Beziehung in einer Reihe von Ausbrüchen vorgeblicher Eifersucht bestand. Er hatte sie durchschaut. Er machte sich keinerlei Illusionen über sie.

Das Leben. Er wohnte bereits seit sieben Jahren mit Turid Lammers zusammen, und bald war er vierzig und ein Mann mittleren Alters. Was hatte er aus seinem Leben gemacht? Er war Kämmerer in Kongsberg, das war schon mal was. Er war überzeugt davon, daß er Talent zum Laienschauspieler hatte, und stand jeden Herbst sechs Abende im Kongsberger Kino auf den sogenannten Brettern, die die Welt bedeuten, und empfand Freude dabei. Ja, er empfand Freude dabei. Es war eine merkwürdige und inbrünstige Freude. Nach sieben Jahren als Turid Lammers' Partner in der Lammersschen Villa wußte er alles über die Freude, mit zwei Lehrern und Dr. Schiøtz vom Krankenhaus in exakt der gleichen Sekunde, im exakt gleichen Tonfall die gleiche Strophe anzustimmen, während sie gleichzeitig alle vier den linken Absatz exakt gleich fest auf den Boden aufsetzten, in exakt der gleichen Sekunde, in der erhitzten Atmosphäre auf der Bühne im Kongsberger Kino, im Licht der Scheinwerfer und vor dem dichtgedrängten Publikum im Dunkeln dort draußen, dort unten. Das körperliche Erschauern, die Wollust an der Präzision. Vor dem Dunkel dort draußen, den tausend Mündern, den zweitausend Augen in der Dunkelheit verborgen, die sie anstarrten, die auch die vier Statisten anstarrten, die sich dort oben entfalteten. Ja, es gefiel ihm wirklich, sich auf diese Weise hervorzutun und eine ganze Vorstellung mitzutragen, als Teil einer Bruder- und Schwesternschaft, aber war das wirklich das Leben? Das fragte sich Bjørn Hansen und suchte immer häufiger Zuflucht in seinen Büchern, in denen er atmen und grübeln konnte. Wer war Turid Lammers? Sie sah, daß Bjørn Hansen seine Fragen stellte und daß er bis weit in die Nacht hinein las, und sie wollte seine Bücher teilen und merkte, daß er nicht allzusehr darauf erpicht war. Auch sie ging auf die vierzig zu, war jedoch immer noch imstande, einem Mann den Kopf zu verdrehen, wie es heißt.

Er beobachtete sie. Während er sie ständig überwachte und seine Eifersucht am Leben hielt, beobachtete er sie. Diesen natürlichen Mittelpunkt der Kongsberger Theatergruppe, einem Zusammenschluß von Enthusiasten, die ihr Leben damit füllten, die populärsten Operetten unserer Zeit mühsam einzustudieren und in sechs Vorstellungen pro Jahr aufzuführen. In aller Öffentlichkeit. Auf der Bühne. Im Rampenlicht. Seit sieben Jahren war Bjørn Hansen einer dieser Enthusiasten. Tagsüber Kämmerer, abends Enthusiast. War das genug? Konnte es nicht etwas mehr sein? Bjørn Hansen ging auf die vierzig zu, und er schrie nach mehr. Er fragte immer häufiger an, ob sie sich nicht an etwas Höherem versuchen wollten. Die ganze Begeisterung, die ganze Bühnenerfahrung, die ganze Freude an der Präzision und der Entfaltung, konnte man das nicht für etwas anderes nutzen als für Operetten, die einen ja, auch wenn sie bei den Schauspielern und nicht zuletzt beim Publikum eine gewisse Heiterkeit hervorzurufen vermochten, dennoch etwas resignieren ließen, ja regelrecht ermüden konnten, mit ihrer geistigen Armut, wenn man es recht bedachte, wenn das Licht im Saal wieder brannte, das Publikum gegangen war und sie in der Garderobe saßen und sich abschminkten? Wie wäre es, wenn sie sich auf die Ebene begaben, auf der der Hauch des Lebens wehte? Wie wäre es, wenn sie sich an Ibsen wagten?

Zwei Jahre lang machte Bjørn Hansen immer wieder den Vorstoß, daß sie sich an Ibsen versuchen sollten. Sein Vorschlag fand wenig Anklang. Vor allem sein Versuch, die Begeisterung der anderen zu wecken, indem er auf das Gefühl der Leere und die geistige Armut der Operetten nach erfolgter Aufführung verwies, kam schlecht an. Es war ein Angriff auf alles, wofür sie standen, und es war ungeschickt von Bjørn Hansen, dies hervorzuheben, auch wenn sie die Resignation selbst gespürt hatten, jedenfalls ein Teil von ihnen. Doch von zwei Mitgliedern der Theatergruppe erhielt er Unterstützung, und es war nicht einfach irgendwer. Das eine Mitglied war der Singende Zahnarzt Herman Busk.

Herman Busk hatte einen außergewöhnlich schönen Bariton, und viele waren der Meinung, daß seine Stimme dazu bestimmt war, auf wichtigeren Bühnen gehört zu werden als der im Kongsberger Kino sechsmal im Jahr. Er gehörte zu den tragenden Säulen der Theatergruppe, und auch wenn er nicht die Hauptrolle innehatte, so spielte er zumindest die zweitwichtigste männliche Rolle. Doch imponierte er vor allem bei den Proben, und dann gerne außerhalb des Programms. Wie oft hatten die anderen nicht schon zusammengepackt und sich zum Gehen angeschickt, als Herman Busk plötzlich das Lied anstimmte, an dem er den ganzen Abend geprobt hatte. Alles stimmte. Alles akribische Üben hatte plötzlich Erfolg gezeitigt, sie hörten wie verzaubert zu, und alle dachten: Das wird eine Bombennummer auf der Bühne. Das wurde es auch, aber vielleicht nicht in dem Maße, wie sie es sich vorgestellt hatten. Die Erwartungen waren womöglich zu hoch, und Herman Busk schwang sich auf der eigentlichen Bühne nie zu wirklichen Höhen auf, er war zwar gut genug, um seinen Beinamen, der Singende Zahnarzt, mit Bravour zu verteidigen, aber nicht gut genug, um die Erwartungen einzulösen, die in engen Proberäumen geweckt worden waren, die Hand auf der Klinke, auf dem Weg in den dunklen Abend und auf die leeren Straßen. Doch jetzt zeigte Herman Busk ein

Interesse daran, daß die Theatergruppe Ibsen spielte, und Bjørn Hansens Idee konnte nicht länger abgetan werden. Durch diesen überraschenden Standpunkt wurden Herman Busk und Bjørn Hansen im übrigen besser miteinander bekannt, sie konnten stundenlang zusammensitzen und sich unterhalten, und sie freundeten sich sogar an, ja Bjørn Hansen sollte Herman Busk als seinen besten Freund betrachten.

Das zweite Mitglied, das ihn unterstützte, war Turid Lammers. Das überraschte ihn, denn Turid hatte keinerlei Beziehung zu Ibsen. Natürlich sprach sie nur freundlich über ihn und behandelte ihn wie einen Klassiker, aber seine Stücke interessierten sie nicht sonderlich. Das wußte er, denn sie waren in der Hauptstadt mehrmals im *Nationaltheater* gewesen und hatten Ibsen auf der Bühne gesehen, aber sie hatte sich jedesmal mit Anstand gelangweilt. Daß sie sich nun also aktiv dafür einsetzen sollte, daß ihre eigene Theatergruppe *Die Wildente* aufführte, damit hatte er nicht gerechnet. Im Grunde interessierte sie sich als Zuschauerin auch nicht für Operetten. Sie waren ihr trotz allem zu banal, zwar hatte sie sich dafür eingesetzt, daß sie nach Oslo fuhren, wenn *Das Norwegische Theater* eins seiner jährlichen Musicals aufführte, aber nur, um sich ein paar Tricks abzuschauen. Dennoch standen ihr Operetten am nächsten. Ursprünglich hatte er geglaubt, avantgardistisches Theater wäre ihr Ding, das war es damals, als er in Oslo ihr verheirateter Liebhaber war, aber als sie nach Kongsberg und in die Theatergruppe zurückkehrte, war von avantgardistischem

Theater keine Rede mehr, nur noch von Operetten, doch in gewisser Weise hatten avantgardistisches Theater und Operetten in ihren Augen eins gemeinsam, der Inhalt hatte keinerlei Bedeutung, die Maskerade war alles. Beim avantgardistischen Theater waren es die Masken gewesen, die sie völlig fasziniert hatten, nichts anderes.

Sie bekamen keine Kinder. Turid Lammers wurde nicht Mutter, es kam vor, daß sie damit kokettierte, keine Kinder zu haben, und es ihre Tragödie nannte. Doch im Grunde wünschte sich Turid Lammers keine Kinder, sie war nicht darauf eingestellt. Nicht jetzt. Hätte sie Kinder haben sollen, dann mit ihrem ersten Ehemann in Frankreich, in den 1960er Jahren, irgendwie hätte sie sich vorstellen können, in aller Eile mit einem kleinen Kind auf dem Arm aus Frankreich aufzubrechen, von der *Gare du Nord* aus, wo sie darauf wartete, daß der Nachtzug nach Kopenhagen (und weiter nach Oslo) eingesetzt wurde. Aber als sie nach sieben Jahren in Paris nach Oslo zurückkehrte, war es ohne Kind. Als einsame Frau, frei, rastlos, die sich einen Liebhaber nahm, an den sie sich später band und den sie mitnahm, als sie in die Stadt ihrer Kindheit zurückkehrte. Turid Lammers war kinderlos und wollte kinderlos sein, im Grunde ihres Herzens wollte sie letzteres sein. Operetten boten ihr einen ausgezeichneten Vorwand, um das auszuleben, was Theater für Turid Lammers ausmachte: Kostüme, Masken, Perücken, rasche Kleiderwechsel, Tempo, Tempo. Doch jetzt unterstützte sie die Idee ihres Partners, die Kongsberger Theatergruppe möge Henrik Ibsens *Wildente* aufführen, und das sogar sehr aktiv. Ging es ihr darum, ihm ihre Loyalität zu beweisen? Ihm und den anderen? Wollte sie als Bjørn Hansens loyale Partnerin dastehen, die bereit war, sich dafür einzusetzen, daß er diesen Plan durchführen konnte, für den er so sehr brannte und für den auch sie jetzt brannte, da es sein Plan war, auch wenn alle wußten, daß es ihr im Grunde ganz egal wäre, wenn nicht ihr Partner so sehr dafür brennen würde, daß die Kongsberger Theatergruppe etwas aufführen sollte, das sie alle zu Höherem berief: *Die Wildente* von Henrik Ibsen?

Turid Lammers' Unterstützung war also schön, sie war ein Gunstbeweis vom Mittelpunkt des Kreises an ihren eher anonymen Mann, als er sie ausnahmsweise einmal brauchte. Der Respekt für Turid Lammers stieg ständig, doch als Argument für die Aufführung der *Wildente* von Henrik Ibsen hatte er die gegenteilige Wirkung. Soweit sollte es noch kommen. Nur weil sich Turid Lammers' Partner in den Kopf gesetzt hatte, daß sie für Höheres ausersehen waren, sollten sie ein Stück spielen, für das ihnen völlig die Voraussetzungen fehlten? So wurde in den Ecken gemurrt, aber da sich tragende Säulen wie Herman Busk dafür einsetzten, samt einiger anderer, die ebenfalls die Leere verspürten, die eine gelungene Operettenaufführung nach sich ziehen konnte, wenn der Vorhang gefallen war, und die sich ebenfalls gut vorstellen konnten, ausnahmsweise einmal nach dem Unmöglichen zu streben, wurde beschlossen, daß die nächste Vorstellung der Kongsberger Theatergruppe *Die Wildente* von Henrik Ibsen sein sollte.

Und als Turid Lammers vorschlug, Bjørn Hansen solle den Hjalmar Ekdal spielen, protestierte kein Mensch. Außer Bjørn Hansen. Er hatte nicht die Absicht gehabt, die Hauptrolle für sich zu beanspruchen, das war nicht der Grund, weshalb er das Stück vorgeschlagen habe, das habe er überhaupt nicht im Sinn gehabt. Doch seine Proteste, die im übrigen ziemlich schwach waren, wurden beiseite gefegt, natürlich sollte Bjørn Hansen den Hjalmar Ekdal spielen. Viele stimmten dafür, denn er sollte an das kommende Fiasko genagelt werden, es am eigenen Leib spüren, auf der Bühne, während es sich abspielte. Das verstand er, und deshalb nahm er die Aufgabe an. Die große Rolle des Gregers Werle sollte Herman Busk übernehmen, doch der Singende Zahnarzt lehnte ab. Eine zu große Rolle für ihn, behauptete er. Den Alten Ekdal hingegen könne er gut übernehmen, wenn sie keinen Geeigneteren fanden. Als Gregers Werle wurde deshalb Brian Smith ausgewählt. Mit seinem gebrochenen Norwegisch würde dieser englische Ingenieur der Kongsberger Waffenfabrik dem kompromißlosen Grossistensohn des Ibsenschen Gedankenuniversums eine neue Dimension verleihen. Dr. Schiøtz sollte Dr. Relling spielen. Das war ein Vorschlag, der von Turid Lammers kam, und es war offensichtlich ein Versuch, mit dem Publikum zu schäkern. Ein Arzt des Kongsberger Krankenhauses spielt einen Arzt in einem Theaterstück, und das auch noch von Henrik Ibsen. Dr. Schiøtz als Dr. Relling, der versoffene Arzt mit seiner Klarsicht. Doch Dr. Schiøtz wollte nicht. Turid setzte ihren ganzen Charme ein, um ihn zu überreden, aber

Dr. Schiøtz wollte nicht. Wer war Dr. Schiøtz? Das wußte niemand. Er gehörte zu den ernstesten und unnahbarsten in der Versammlung der Homo ludens, die die Kongsberger Theatergruppe ausmachten. Ein Mann im Arztkittel, groß und schlank. Mit feinfühligen Fingern, ein Pianist? Nicht, daß sie wüßten, aber er war Skilangläufer. Früh am Morgen, im Winterhalbjahr, war er auf den Bergkämmen um die Stadt gesehen worden, wo er auf Langlaufskiern in hohem Tempo über die Höhenzüge eilte. Im Theater spielte er stets Statistenrollen, er tauschte Dienstzeiten im Krankenhaus, um im Hintergrund mitzuwirken, als Mr. Nobody, in allen Operetten. Dr. Relling wollte er jedoch nicht sein. Doch diejenige, die für die Hedvig ausgewählt wurde, sagte nicht nein. Als Hedvig bot sich eine 21jährige Krankenschwesternschülerin an, nicht zuletzt, weil sie so ein hübsches und kindliches Gesicht hatte. Auch Turid Lammers kam auf die Besetzungsliste. Sie sollte Hjalmar Ekdals Frau und Hedvigs Mutter, Gina Ekdal, spielen.

Der Regisseur kam aus der Hauptstadt, es war üblich, Regisseure von außerhalb zu holen, es gab viele Regisseure, die durch das Land reisten und mit lokalen Laienschauspielern Operetten und Lustspiele inszenierten. Aber einen solchen umherziehenden Ibsen-Regisseur zu finden war nicht so einfach. Zum Schluß fanden sie einen arbeitslosen Regisseur aus Oslo. Er reiste an, war bei den Proben zugegen, sprach sehr dem Alkohol zu und dürfte sich kaum noch an etwas erinnern. Das hingegen tat Hjalmar Ekdal alias Bjørn Hansen.

Um es kurz zu machen: Das Ganze wurde zu einem gediegenen Fiasko. Die Aufführung war wirklich schlecht, und die geplanten sechs Vorstellungen wurden auf vier reduziert, wobei bei der vierten und letzten nur noch 18 zahlende Zuschauer im Saal waren. Zwar hatten sie einen ausgedienten, alkoholisierten Regisseur gehabt, aber Bjørn Hansen wußte, daß sie nicht alle Schuld dem Regisseur in die Schuhe schieben konnten, er war eigentlich nur zu einer unfreiwilligen Illustration der Situation geworden, wie sie die ganze Zeit über geherrscht hatte. Sie schafften es schlicht und einfach nicht. Bjørn Hansen hatte Ibsens Text genau studiert, unterstrichen und geglaubt, er habe ihn so gründlich verstanden, daß er Hjalmar Ekdals Lebensschmerz in sich selbst spüren konnte. Doch es half nichts. Er wußte zwar, wie dieser gespielt werden müßte, aber wenn er so spielte, wurde es ganz anders, als er es sich vorgestellt hatte. Es wurde plump. Ach, Hjalmar Ekdals Naivität, die Bjørn Hansen kannte und meinte, sich zu eigen gemacht zu haben, wollte er verteidigen und spielen, wie sie noch nie zuvor gespielt worden war, denn sie gründete sich auf einen derart großen Schmerz, daß er es nicht wagte, der Wahrheit ins Auge zu sehen, seine Unzulänglichkeit rührte daher, daß er sich in einer großen Tragödie befand, die ihn unverschuldet getroffen hatte. Doch nichts davon kam aus Bjørn Hansen heraus. Nichts davon war in seinem Körper auf der Bühne. Es ging nicht. Es war nur Geschwätz. Er war nichts anderes als ein düsterer und langweiliger Körper auf der Bühne, er gebärdete sich, es half nichts. Desgleichen die anderen. Desgleichen Gregers Werle, desgleichen der Alte Ekdal, desgleichen Hedvig, die kleine Hedvig, die Hjalmar so innig liebte, daß er es nicht ertrug, sie noch länger zu sehen. Bjørn Hansen stand auf der Bühne und agierte etwas dümmlich, das fand sogar er selbst. Das Publikum lachte ihn nicht aus, o nein, es versuchte, ihn zu ermuntern, indem es Interesse zeigte, indem es nicht gähnte, ihn sogar mit mattem Applaus bedachte. Aber das genügte nicht.

Sie vermochten es nicht. Es war nur allzu deutlich, daß ihnen hierfür die Voraussetzungen fehlten. Bjørn Hansen hatte nicht die erforderliche Ausstrahlung für Hjalmar Ekdals schmerzhafte Gebärden. Das war die bittere Wahrheit. Er hatte nicht die nötige schauspielerische Technik und deshalb auch keine Ausstrahlung. Es reicht nicht aus, etwas in sich zu spüren. Das wurde soeben demonstriert, im Kongsberger Kino, viermal im Spätherbst 1983 (war es wohl?).

Und er hatte es die ganze Zeit gewußt. Er hatte gewußt, daß es unmöglich war, kein Mensch soll etwas anderes behaupten. So viel verstand er von der Schauspielkunst, um zu wissen, daß es ein Beruf war, daß es um Kunst ging etc., daß er nicht die Befähigung hatte, Hjalmar Ekdal darzustellen. Aber sein Wunsch danach war so verflucht groß gewesen, daß er nicht imstande war, auf diese überzeugende Tatsache Rücksicht zu nehmen.

Das galt auch für die anderen. Weder jedem für sich noch im Zusammenspiel war es ihnen möglich, dieses eminente Theaterstück der Weltliteratur aufzuführen. Wenn Hjalmar Ekdal auf der Bühne langatmig war, so war der englische Ingenieur Brian Smith als Gregers Werle nicht besser, und sein gebrochenes Norwegisch hob das Zusammenspiel zwischen ihm und Hjalmar Ekdal mitnichten an, ganz im Gegenteil, und die kleine Hedvig, zwar niedlich, aber leider außerstande, dieser schmächtigen Gestalt, die sich auf den Dachboden begibt, Leben einzuhauchen, war so theatralisch, daß Hjalmar Ekdal in den zarten Sekunden, die sie zu zweit die große und leere Bühne für sich hatten, vor Schreck erstarrte.

Anschließend waren beide gleichermaßen unglücklich. Die anderen Schauspieler trugen die Niederlage mit Fassung, nur Bjørn Hansen und die kleine Hedvig trauerten, Bjørn Hansen, obwohl er wußte, daß die große Erhöhung, von der er in den letzten zwei Jahren so leidenschaftlich gesprochen hatte, aus einleuchtenden Gründen unmöglich war. Für die kleine Hedvig nahm es sich anders aus, sie hatte geglaubt, es sei möglich. Sie war 21, besuchte die Krankenschwesternschule in Drammen im zweiten Jahr und war jeden Nachmittag mit dem Zug zu den Proben nach Kongsberg gefahren, hatte dann am Bahnhof gewartet, um anschließend den letzten Zug zurückzunehmen, zu ihrem Zimmer in Drammen. Was sie nicht wußten, was jedoch anschließend ans Licht kam, war, daß sie sich ein halbes Jahr von der Krankenschwesternschule hatte beurlauben lassen und ihr Studiendarlehen von 15 000 Kronen genommen hatte, um sich in Hedvigs Seele einzuleben. Mit katastrophalem Ergebnis. Obwohl sie von diesem erfundenen 14jährigen jungen Ding so fasziniert gewesen war, vermutlich, weil sie in ihm einiges von sich wiederfand, das sie niemandem hatte mitteilen können, weder ihrer besten Freundin noch anderen, so weit war es vom alltäglichen Geschwätz entfernt, was sie nun einmal, wie sie fand, auf fundamentale Weise berührte, auch in ihrem eigenen, eher konfliktfreien Verhältnis zu den Eltern, gelang es ihr doch, das alles mit einem grauenhaft theatralischen Spiel zu zerstören, und sie verstand nicht einmal, was schieflief, nur daß es so war, und sie weinte nach allen vier Vorstellungen an Hjalmar Ekdals sorgenschwerer Schulter. Sie hatte während der Proben wie auch in der Zeit, in der die Aufführungen stattfanden, weiterhin in ihrem Zimmer in Drammen gewohnt, denn sie hatte sich nicht getraut, ihren Eltern gegenüber, die in Kongsberg wohnten, in einem Haus, in dem sie ihr eigenes Zimmer hatte, zuzugeben, wie sehr sie eigentlich darauf gesetzt hatte, daß sie von der Muse geküßt wurde, wenn sie als Hedvig in Henrik Ibsens *Wildente* auftrat, und deshalb war sie nach jeder Aufführung, auch nach der Premiere und vor dem Premierenfest, pflichtschuldigst nach Drammen und zu ihrer angeblichen Krankenschwesternausbildung gefahren.

Während die kleine Hedvig, nachdem der Vorhang bei der Premiere gefallen war, an Bjørn Hansens Schulter in der Garderobe weinte, kam Gina Ekdal strahlend herein. Gina Ekdal, alias Turid Lammers, hatte allen Grund zu strahlen, denn sie war es gewesen, die zu retten vermocht hatte, was von der Vorstellung noch zu retten war, könnte man sagen. Sie betrachtete den trauernden Bjørn Hansen und die weinende Hedvig und sagte: »Aber es ist doch gut gelaufen, wir wurden doch immer wieder auf die Bühne gerufen und alles«, ohne daß ihre forcierte Aufmunterung half. Doch für sie war die Vorstellung ein Erfolg gewesen, sie hatte das Publikum im Sturm erobert. Das munterte sie auf, und sie achtete kaum darauf, daß eine niedliche junge 21jährige Frau ihren Kopf an die Schulter ihres Partners lehnte, denn die anderen Schauspieler und die Truppe hinter der Bühne scharten sich um sie und beglückwünschten sie zu ihrem Spiel, das schließlich den ganzen Abend gerettet hatte, ohne daß sie überhaupt darüber nachdachten, daß das, was den Abend gerettet hatte und ihren Erfolg ausmachte, die Tatsache war, daß sie die ganze Aufführung regelrecht verraten hatte, indem sie ihr eigenes Spiel dem des Ensembles entgegengesetzt hatte. Turid Lammers war sich völlig darüber im klaren gewesen, daß sie eine weibliche Rolle in einem Ibsen-Stück verkörpern sollte, die möglicherweise ein düsteres Geheimnis in sich barg, das andere zum Scheitern brachte. Loyal hatte sie versucht, den Ernst in Gina Ekdals Leben und ihr Geheimnis darzustellen, ohne daß etwas anderes als Oberflächlichkeit dabei herausgekommen wäre, so gesehen, war sie mit dem restlichen Ensemble auf gleicher Höhe gewesen. Aber als sie die mangelnde Resonanz des Saals spürte, brach sie aus und verlieh der Figur einen Charme, der das Publikum aufweckte und zufrieden schmunzeln ließ. Turid spielte Gina Ekdal mit übertriebenen Gesten und billigen Tricks, ja, sie scharwenzelte kokett über die Bühne und bezauberte das lokale

Publikum, das sich für kurze Zeit bereitwillig besiegen ließ.

Bjørn Hansen stand mit seinem langatmigen Hjalmar Ekdal da und wurde Zeuge davon. Auf der Bühne. Zusammen mit Gina Ekdal. Nur sie beide. In der zweitletzten Szene. Noch jetzt, als das Fiasko schon offensichtlich war, brannte er dafür, diese lächerliche Figur des Hjalmar Ekdal darzustellen, denn er wußte, daß diese Figur eine große Tragödie in sich barg, die heraus mußte. Hjalmar Ekdal war ein Maßstab, der die wirklich schwindelerregenden Fragen anschnitt, er war ein Schicksal, das gespielt werden mußte, damit er sich wirklich mit Gregers Werles letzten Worten messen konnte, wenn er nach Hedvigs Tod in der letzten Szene nichts anderes mehr zustande brachte als die Deklamationsnummern, dann war es das Leben nicht wert, gelebt zu werden, war nichts Geringeres als das, was nun plump zur Erde fiel, als Bjørn Hansen es jetzt darstellen sollte. Und an seiner Seite erstrahlte Gina Ekdal in Turid Lammers' Gestalt. Er ging zugrunde, aber sie weigerte sich, mit ihm zugrunde zu gehen. Sie scharwenzelte statt dessen kokett über die Bühne, und das Publikum vergaß für kurze Zeit die talentlose Vorstellung und ließ sich bereitwillig von Turid Lammers verführen. Sie stahl die Szene. Bjørn Hansen spielte beharrlich weiter auf seiner Reise zum Ende dieses Projekts, während Turid all ihren Charme ausspielte. Da stand sie, im barmherzigen Licht der Scheinwerfer, mit einer dicken Schicht Schminke im Gesicht, und war zufrieden, weil sie das Publikum im Sturm eroberte, ja, sie zitterte am ganzen Körper, das konnte Bjørn, der sehr dicht neben ihr stand, deutlich sehen. Turid verriet alles. Die ganze Idee hinter der Vorstellung und ihn, um zu retten, was noch zu retten war. Turid Lammers' Charme sollte Bjørn Hansens mißglückten Ernst übertönen. Das war ein Bruch mit dem, worauf sie sich vorher verständigt hatten, und Bjørn Hansen hätte einen Stich der Verwunderung spüren müssen, als ihm auf diese Weise ein Dolch in den Rücken gerammt wurde. Er hätte sie anklagen müssen, sich klagend in seinem tiefsten Innern fragen sollen, während es geschah: Warum, warum tust du mir das an? Doch das tat er nicht. Er stellte sich nicht die Frage, warum sie tat, was sie tat. Er verspürte nur Erleichterung. Nicht, weil sie zu retten versuchte, was noch zu retten war, sondern weil sie nicht mit ihm zusammen untergehen wollte.

Denn, wenn er ehrlich sein sollte, hatte es ihn beunruhigt, mit welchem Eifer sie sein Projekt, nach Höherem zu streben, unterstützt hatte. Etwas an ihrer Loyalität hatte ihn erdrückt. Durch sie band Turid Lammers ihn an sich, und zwar zu einem Zeitpunkt, als Bjørn Hansen im Begriff war, sich loszureißen. Denn Turid Lammers war verwelkt. Sie war 44 geworden, und schon lange zeigte sich, daß der Zahn der Zeit an ihrem Gesicht und ihrem Körper nagte. Ihr Gesicht war eckig geworden, scharfkantig, hart. Wie er das Weiche daran vermißte! Doch es war für immer verschwunden, und mit ihm so viele Prämissen, auf die Bjørn Hansen die Reise seines Lebens gegründet hatte. Er befand sich hier. In Kongsberg. An Turid Lammers' Seite. Er hatte alles verlassen, weil er fürchtete, es sein Leben lang zu bereuen, wenn er sich dagegen entschied, der Versuchung zu folgen, die von ihrem Gesicht und ihrem Körper ausging. Jetzt zeigten dieses Gesicht und dieser Körper nur mehr Erinnerungen an etwas, das für immer verlorengegangen war, und das hatte etwas Unerträgliches. Er hatte es seit langem geahnt.

Turid Lammers war immer noch der natürliche Mittelpunkt ihres und seines Umfelds. Der Kreis um die Kongsberger Theatergruppe war ziemlich geschlossen, und der Kern bestand im großen und ganzen aus denselben Personen wie vor zwölf Jahren, als Bjørn Hansen hierhergezogen war, doch ein paar Wechsel hatte es gegeben. Einige waren abgesprungen, ein paar Neue hinzugekommen. Wie die alten lernten auch die neuen Mitglieder, Turid Lammers als den natürlichen Mittelpunkt zu behandeln. Aber sie war es auf eine andere Art als früher, sowohl für den alten Kern, ob dieser sich darüber im klaren war oder nicht, als auch für die Neuen. Sie scharten sich immer noch um ihren Tisch, der immer noch ein wenig außerhalb des Zentrums plaziert war, doch während es früher immer damit endete, daß ein Mann allein mit ihr zusammensaß, in einem (für ihn) schwindelerregenden Tête-à-tête, obwohl er (und die anderen) wußten, daß es nichts anderes bedeutete, als daß er gerade jetzt da saß, und er nicht hoffen durfte, daß etwas passieren würde, doch das genügte, ja das genügte, so geschah es jetzt wiederholt, wenn Bjørn Hansen an ihrem Tisch auftauchte, um vorzuschlagen, daß sie nach Hause gehen sollten, daß zwei oder drei Herren in entspannter, zwangloser Unterhaltung an ihrem Tisch saßen, bisweilen auch andere Konstellationen wie ein Mann und zwei Frauen (neben Turid) oder zwei Männer und zwei Frauen etc. etc. Und während die Männer sie früher *angeschaut* hatten, begnügten sie sich jetzt damit, über sie zu reden, wenn auch voller Bewunderung. Ja, sie unterhielten sich auch direkt mit ihr, mit unverhohlener Bewunderung für das, was sie verkörperte, was sie war, was sie bedeutete und nicht zuletzt für die Kongsberger Theatergruppe bedeutet hatte. Sie überhäuften sie mit Komplimenten, Frauen wie Männer, alte wie neue Mitglieder. Auch an Bjørn Hansen wandten sie sich, denn er war schließlich ihr Lebensgefährte. Sie versicherten Bjørn Hansen, was für eine hinreißende Frau Turid Lammers war. Was für eine Begeisterung! Was für ein Einsatz! Bjørn Hansen war zu Beginn ein wenig perplex, er konnte in die ehrlichen Augen eines 30jährigen Ingenieurs blicken, der ihm gerade anvertraute, daß Turid Lammers eine hinreißende Frau war. So tüchtig! Manche behaupteten auch, sie sei mutig. Und witzig. Und wie jugendlich sie war, im Geiste.

Das alles mußte sich Bjørn Hansen anhören, und nicht, ohne von einem schrecklichen Gefühl der Einsamkeit ergriffen zu werden. Vielleicht merkten sie es nicht einmal selbst, aber Bjørn Hansen war klar, daß sie auf die unumstößliche Tatsache Bezug nahmen, daß die Jahre Spuren im Gesicht seiner Lebensgefährtin hinterlassen hatten, und sie folglich in einer Art und Weise über sie reden konnten, in der die vormalige Verzauberung ein abgeschlossenes Kapitel in ihrer Geschichte und der ihres Umfelds war, und daß dies nichts war, worüber man ein Aufhebens machen mußte. Er fühlte sich von ihnen verlassen. Diese Menschen spielten, sie verehrten Frau Lammers, lobten ihre Frisur, ihre chicen Kleider, ihre Bedeutung für die Theaterszene, für den Zusammenhalt und die Begeisterung, aber eigentlich nahmen sie es leicht, spielend leicht, auch wenn es ihnen also aufgefallen war. Daß sie verwelkt war. Doch es machte ihnen nichts aus, die Jahre vergehen bekanntlich, und mit einem Achselzucken überließen sie es Bjørn Hansen, im Alltag mit ihr zusammenzuleben, jetzt wie ehedem.

Turid hingegen benahm sich wie früher. Sie war immer noch die gleiche. Machte die gleichen bekannten und angelernten französischen Gesten und konnte immer noch mit Blicken einen Mann an sich binden, um mit ihm zusammenzusein, im Jetzt, nur sie beide. Sie hatte keineswegs ihren Charme eingebüßt und beherrschte noch immer die Grundregeln, wie man die Aufmerksamkeit eines Mannes fesselte. Doch der Mann war an ihrer Aufmerksamkeit nicht mehr im gleichen Maße interessiert. Gehörte er zum alten inneren Kern, spielte er vorgeblich mit, wurde jedoch so theatralisch, daß das Ganze etwas Komisches, nahezu Pathetisches bekam. Und die neuen Männer reagierten betreten. Sie hatten gelernt, Turid als herausragende Theaterpädagogin zu respektieren, aber sie wußten nicht, wie sie sich ihrem natürlichen und einnehmenden Wesen gegenüber verhalten sollten, das ja wie eine Aufforderung daherkam, von der man sich früher im Leben nicht hätte losreißen können. Früher waren sich schließlich alle darüber im klaren gewesen, daß Turid Lammers, nur weil sie flirtete, noch lange nicht nachgab, sie war treu (Bjørn), aber dennoch war man von ihr so fasziniert gewesen, daß man sich ihr gegenüber benahm, als stünde man mitten in der Affäre seines Lebens. Doch jetzt, jetzt wurde das Mißtrauen der neuen Männer geweckt, wenn sie flirtete. Sie glaubten tatsächlich, Turid meinte es ernst, und versuchten, ihr zu entkommen. Bjørn Hansen hatte dies ein übers andere Mal beobachtet. Auch zu Hause in der Lammersschen Villa. Früher wie jetzt kamen Turid Lammers' Männer zu ihr nach Hause, um die Gesangseinlagen durchzugehen. Früher wie jetzt konnte deshalb Bjørn Hansen, wenn er am Nachmittag von der Kämmerei nach Hause kam, hinter der Tür zum Wohnzimmer, wo das Klavier stand, einschmeichelnde Operettenmelodien hören und anschließend eintreten, wo er Turid Lammers zusammen mit einem männlichen Mitglied des gleichen Vereins fand, dem auch er angehörte. Früher wie jetzt konnte er dann sehen, wie kokett Turid Lammers auftrat, mit ihren Versuchen nach direktem Augenkontakt, nach Nähe, indem sie zum Beispiel dem Mann liebevoll über den Jackenärmel strich, um Nähe zu erreichen, ein alter Trick von ihr oder eine Angewohnheit, doch jetzt waren die Jahre vergangen, und der 30jährige Ingenieur begrüßte Bjørn Hansen freudestrahlend als seine Rettung, redete wie ein Wasserfall davon, wieviel ihm das Theater bedeutete, für seine Selbstverwirklichung in einer harten und materialistischen Computerwelt, nahm seine Notenblätter vom Ständer auf dem Klavier und eilte zur Tür. Bjørn Hansen blieb hilflos mit seiner Turid zurück. Wie sehr er sich wünschte, der Ingenieur wäre völlig gefesselt davon gewesen, wie Turid Lammers auf dem Klavierhocker saß und den Kopf in den Nacken warf, wobei sie ihm direkt in die Augen sah, und noch verwirrt und erregt darüber, daß sie ihm tatsächlich vorsichtig mit den Fingern über den Jackenärmel strich, so daß er nicht merkte, daß er, Bjørn Hansen, ins Zimmer gekommen war, oder wenn er es bemerkt hätte, beschlossen hätte, so zu tun, als hätte er es nicht gesehen, um auf diese Weise noch ein paar gestohlene Sekunden mit dieser Frau im Jetzt leben zu können. Hätte er dies getan, hätte Bjørn Hansen jetzt nicht so schrecklich einsam mit Turid Lammers dagestanden und deutlich gesehen, wie ihr kleines Doppelkinn, ihre sichtbaren Falten und die trockene Haut an ihren vormals weichen Armen sie für immer von ihm entfernt hatten.

Und Turid? Merkte sie es nicht? Daß es vorbei war, für immer? Sie mußte es gemerkt haben, tat jedoch, als wenn nichts wäre. Auch wenn ein 30jähriger Ingenieur, der für sie als Theaterpädagogin die größte Bewunderung hegte, freudestrahlend zur Tür eilte, weil sich endlich die Gelegenheit bot, zur Tür zu eilen, tat sie, als wenn nichts wäre. Sie waren zwar beide ein wenig beschämt, taten jedoch, als wenn nichts wäre. Was tun? Turid Lammers beschloß, sich zu benehmen wie immer. Als Mittelpunkt. Im Grunde fiel es ihr ganz leicht, denn sie hatte ja in diesen zwölf Jahren nur einen einzigen Mann gehabt, nämlich ihn, Bjørn Hansen. War das der Grund dafür, daß sie ihn so plötzlich und überraschend unterstützt hatte, als er wünschte, die Kongsberger Vertreter des Homo ludens sollten Ibsen anstelle von Musicals spielen? Sie mußte geahnt haben, daß er längst jeden Wunsch, zu dem Kreis der Homo ludens zu gehören, aufgegeben hatte und daß seine Befremdung darüber, im Chor Operettenmelodien zu singen, so groß geworden war, daß er mit dieser Illusion brechen wollte, die ein Jahrzehnt seines einzigen Lebens angedauert hatte. Sie wußte, daß sein Vorschlag, so er befolgt wurde und alles gutging, zur Folge hätte, daß sich die Kongsberger Theatergruppe spaltete, in diejenigen, die mit dem, was Bjørn Hansen das Höhere nannte, weitermachen wollten, und diejenigen, die sich weiterhin lieber in rhythmischer, musikalischer und ewig populärer Weise entfalteten. Sie selbst wollte so ganz und gar letzteres, aber sie stand an Bjørns Seite und setzte sich für Ibsen ein. Während sie wie früher auftrat, als Mittelpunkt und im Bewußtsein darum, daß es vorbei war. Jeden Morgen sah sie schließlich ihr ungeschminktes Gesicht im Spiegel. War das der Grund dafür, daß sie ständig anderen Frauen gegenüber darauf zu sprechen kam, daß sie sich noch nie so jung gefühlt habe wie jetzt, denn als sie jung gewesen sei, habe ihr der Mut gefehlt, jung zu sein, und gegenüber Bjørn und anderen Männern, daß sie in ihrem Inneren immer noch ein junges Mädchen sei. Er wurde also von einer Frau unterstützt, die gleich einer magischen Beschwörung daran festhielt, daß sie in ihrem Innern immer noch ein junges Mädchen war, auch wenn es, dachte Bjørn (brutal dachte er es) niemand sehen konnte. Aber vielleicht glaubte sie, man könnte es ahnen, ihren Bewegungen ansehen, die aufgrund des vielen Sports und ihrer Tüchtigkeit immer noch gesund waren (jedoch ohne jegliche Anmut), und würden sie auf ihre Anmut hin bewertet, fielen sie durch und würden zu schrillen und mitleiderregenden Bewegungen, die eine Frau in den Vierzigern macht, um die verlorene Jugend nachzuahmen, sah sie das nicht? Oder in ihrer fiktiven Sehnsucht, wenn sie wie in der Blüte ihrer Jugend einem Mann über den Jackenärmel strich, mußte der Mann dann nicht von dieser Bewegung auf den Ursprung der Bewegung schließen, dachte sie gewiß, aber nun mal vergebens, doch dieses vergebens konnte sie nicht akzeptieren. Ihr war jedoch klar, daß sie verloren hatte. Deshalb unterstützte sie Bjørn Hansen. Es war allerdings zu spät. Selbstverständlich freute er sich über diese Unterstützung, zum einen, weil es natürlich die Chancen erhöhte, daß seine Vorstellung vom Höheren wirklich umgesetzt werden konnte, aber auch, weil sie ein Fingerzeig war, der darauf hindeutete, daß ihre Beziehung fortgesetzt werden konnte, ruhig und resigniert, auf Loyalität gegründet und nicht auf Schönheit, hinter der wir her sind, ja, er versuchte es zumindest so zu sehen. Doch zugleich sah er auch das andere. Die schreckliche Einsamkeit mit einer verwelkten Schönheit. Einer Schönheit, die ihm die anderen mit Freude überließen, nachdem sie sie mit unverbindlichen und ehrlich gemeinten Komplimenten überhäuft hatten.

Gut, daß wir Turid haben, und gut, daß wir Bjørn haben, der es auf sich genommen hat, mit ihr zusammenzuleben, eng mit ihr zusammen. Bjørn Hansen wurde von dem harten Zug in Turids Gesicht gequält, den strengen Linien, die nichts Weiches an sich hatten und zu allem Überfluß von einem zutiefst kontrastierenden Ausruf oder Pfeifen begleitet wurden: In meinem tiefsten Innern bin ich noch immer ein junges Mädchen, ich bin noch nie so jung gewesen wie jetzt, was dazu führte, daß ein 30jähriger Ingenieur nichts von ihr wollte und erleichtert zur Tür eilte, als Bjørn Hansen endlich auftauchte, damit dieser seine eheliche Pflicht erfüllen, sich um sie kümmern, sie für sich allein haben konnte, so daß er, der Ingenieur, der das Leben noch vor sich hatte, zur Tür eilen konnte, erlöst von der schrecklichen Vorstellung, in ihren vertrockneten Armen landen zu müssen, den Armen, in denen sich Bjørn Hansen noch immer befand, aufgrund von Ereignissen, die zwölf Jahre zuvor stattgefunden hatten.

Ihre unverkennbare Loyalität band ihn an sie. Er empfand es als Umklammerung, konnte jedoch nichts dagegen tun. Und er war froh über die Unterstützung, wenn auch mißtrauisch. Aber als sich Turid weiterhin eifrig dafür einsetzte, daß die Kongsberger Theatergruppe wirklich etwas derart Verwegenes auf sich nehmen und Ibsen spielen sollte, und anschließend, bei den Proben, eifrig die Rolle der Gina Ekdal übte, ohne jegliche Form von Glamour und Feierlichkeit, erlosch sein Mißtrauen. Er sah jetzt eine Gemeinschaftlichkeit vor sich, ja eine Kameradschaftlichkeit zwischen ihnen, die zu einer solchen Tiefe anwachsen konnte, daß sie den Schmerz überdeckte, den er verspürte, wenn er morgens an ihrer Seite aufwachte und ihr ungeschminktes, verlebtes Gesicht sah. Ja, er sah, daß sie darauf setzte, er sah es mit eigenen Augen. Deshalb beschloß er, es ebenfalls zu probieren. Ein Leben in Ernst und Kameradschaftlichkeit im Rahmen einer Laienschauspieltruppe, den Vertretern des Homo ludens, in der gottverlassenen Provinzstadt Kongsberg, wo sie etwas wirklich Höheres wagen wollten. Bevor sich zeigte, daß das Projekt als solches nicht funktionierte (und nicht funktionieren konnte), erahnte er in seinem Zusammenleben mit Turid Lammers die Konturen eines resignierten, reifen Lebens, das ihn eigentlich nicht lockte, das jedoch den Schmerz des anderen betäuben konnte, den unerträglichen Anblick und die Gewißheit, sein ganzes Leben sei eine Jagd nach etwas gewesen, das sich auflöste, aufgrund der Unbarmherzigkeit der Natur. Er freute sich über Turid Lammers' resignierte und unverkennbare Loyalität, die sie mit ihrem ungewöhnlichen und routinierten Charme spielte. Aber eigentlich wollte er weg. Das wollte er. Er wußte, daß er den Schmerz nicht betäuben konnte. Sondern an sie gefesselt war.

Und dann tat sie es, brach aus und verriet ihn, auf offener Bühne, unter dem Vorwand, von einer Laientheatervorstellung zu retten, was noch zu retten war. War es das wert? Oder wußte sie, was sie tat? Wie munter Turid in diesem schicksalschwangeren Augenblick war. Wie sie am ganzen Körper zitterte. Was nur Bjørn Hansen alias der langweilige Hjalmar Ekdal merken konnte, weil er auf der Bühne so dicht neben ihr stand. Die zitternden Knie, das bewegte Gesicht, das für einen kurzen Moment um die Gunst des Publikums warb. In sich gekehrt, ergriffen, sie hüllte sich in ihren eigenen billigen Erfolg, das war Turid Lammers, erregt, berauscht, um jeden Preis. Das war ihr Vergnügen. Bjørn Hansen war endlich von ihr befreit. Er wußte es in ihrem großen Augenblick, daß er auf keinen Fall länger mit ihr zusammenleben wollte.

Es sollten jedoch noch zwei Jahre vergehen, bis es zum endgültigen Bruch kam. Denn was sollte er ihr sagen? Daß er das Gefühl hatte, das Leben sei vollständig an ihm vorbeigegangen, weil er sich nicht länger von ihrem Gesicht und ihrem Körper angezogen fühlte? Daß es ihm nicht gelang, sich damit zu versöhnen, daß ihre sanfte Schönheit sie für immer verlassen hatte und eine Frau zurückgeblieben war, für die er nichts empfinden konnte, wenn sie im Bett neben ihm lag? Daß ein Mann seine Frau auf diese Weise betrachtet, ist unerträglich und läßt ihn verstummen. Und so bleibt er bei ihr hängen. Die zwei Jahre, die vergingen, bevor er es schaffte, sich von ihr loszureißen, wurden zu einem wahren Alptraum, der hier stillschweigend übersprungen werden soll.

Doch schließlich packte er seine irdischen Besitztümer zusammen und zog in eine Wohnung in einem modernen Wohnblock im Zentrum Kongsbergs. Endlich allein. Er konnte aufatmen, in seinem Wohnzimmer herumlaufen und die Ruhe des Lebens genießen. Seine Wohnung lag im dritten Stock, und vom Balkon aus konnte er direkt unter sich, linker Hand, den Bahnhof sehen. Das Bahnhofsgebäude mit den Gleisen, die bald aus seinem Blickfeld verschwanden, indem sie zu einem verschmolzen, im Norden wie im Süden, und in einem schönen Bogen rund um Kongsberg verliefen. Kongsberg wurde im Grunde genommen von Bahngleisen eingezäunt, auf denen Züge verkehrten, die schnellen Personenzüge auf dem Weg nach Kristiansand, Stavanger in der einen Richtung, und nach Oslo in der anderen. Jeden Abend kurz vor Mitternacht hielt der Nachtzug nach Kristiansand und Stavanger am Bahnhof. Der Zug mit seinen heruntergelassenen Rollos, Stille. Kein Laut vom Bahnhof, im Gegensatz zu tagsüber, wenn die Züge hielten und ihre Ankunft über einen Lautsprecher angekündigt wurde, der deutlich in Bjørn Hansens Wohnzimmer zu hören war, auch sonntags. Wenn Bjørn Hansen auf seinem Balkon stand, konnte er rechts einen Zipfel des Flusses erkennen, der sich durch die Stadt zog. Der Fluß hieß Lågen, und da er seine Quelle weit oben im Numedal hatte, wurde er Numedalslågen genannt. Kongsberg liegt weit im Landesinnern, aber der Numedalslågen, der sich durch die Stadt zieht, fließt im Zickzack und in Schleifen weiter, Kilometer um Kilometer, bis er schließlich bei Larvik die Küste erreicht. Der Zipfel, den Bjørn Hansen sehen konnte, war ziemlich ungewöhnlich, denn genau dort lagen drei Miniaturinseln, mit großen Kiefern bewachsen, ein Anblick, der Bjørn Hansen sehr gefiel, doch am liebsten würde er auf den einen der zahlreichen Wasserfälle blicken, den der Numedalslågen ausgerechnet an der Stelle bildet, wo er die Altstadt Kongsbergs passiert, übrigens ebenfalls in einem schönen Bogen. Besonders schön ist die Flußbiegung nahe dem alten Kongsberg mit seiner Kirche aus dem 17. Jahrhundert auf einer Erhebung und der Silhouette von drei, vier herrschaftlichen Patrizierhäusern aus dem ausgehenden 18. Jahrhundert. Diese Aussicht war besonders schön von der Eisenbahnbrücke aus, die einen Fußweg neben den Bahngleisen hatte, über den Bjørn Hansen sonntags zu spazieren pflegte, fast unabhängig davon, wohin er seinen Spaziergang sonst gelegt hatte. Dann beugte er sich bisweilen über den verrosteten Stacheldrahtzaun und schaute auf den Fluß, auf das schwarze Wasser, um dessen Spiegelungen und Kräuseln eingehend zu betrachten.

Diese Sonntagsspaziergänge unternahm Bjørn Hansen im übrigen häufig mit Herman Busk, dem Singenden Zahnarzt. Sie wanderten durch die Umgebung Kongsbergs, hoch über der Stadt, wo sie über schmale Pfade liefen, die zu Gipfeln führten, zum Beispiel zur beliebten *Knutehytta*. Sie trugen beide altmodische Kniebundhosen und Anoraks und schlenderten durch die Natur, während sie sich unterhielten. Sie waren beide Männer mittleren Alters, von der Gesellschaft respektiert, in der sie längst ihren Platz gefunden hatten. Herman Busk als Zahnarzt, Bjørn Hansen als Kämmerer. Sonntag war Wandertag. Die Wege in den Bergen oberhalb der alten Silberminenstadt waren voller Menschen. Wanderer. Sowohl Bjørn Hansen als auch Herman Busk begegneten ständig Menschen, die sie grüßten, bevor sie weiterliefen, oder bei denen sie stehenblieben, um ein paar Worte zu wechseln, entweder Herman Busk oder Bjørn Hansen, während der jeweils andere danebenstand. Es konnte sich um gemeinsame Bekannte aus der Theatergruppe handeln oder um Leute, die Bjørn Hansen aufgrund seiner Tätigkeit als Kämmerer kannte, oder um Leute, die Herman Busk zu seinen Patienten zählte. Wenn sie nach beendeter Wanderung in die Stadt zurückkehrten, kam es häufig vor, daß sie beide zu Herman Busk nach Hause gingen, wo Frau Berit mit dem sonntäglichen Abendessen wartete. Oder sie trennten sich, und jeder ging zu sich nach Hause. Es kam wohl einmal im Monat vor, daß Bjørn Hansen sonntags zum Essen bei Familie Busk eingeladen wurde. Das wußte er zu schätzen, denn nichts war so, wie nach einer langen Wanderung in Feld und Wald zurückzukehren und in die Diele in Herman Busks Haus zu treten, wo einem der Duft des sonntäglichen Bratens in die Nase stieg, das brachte Bjørn Hansen auch laut zum Ausdruck, auf eine Art, die Herman Busks Frau Berit freute. Aber es machte ihm auch nichts aus, allein zu essen. Sonntags kam es häufig vor, daß er im *Grand Hotell* aß, denn das Restaurant dort hatte eine ausgezeichnete Küche, besser als der alte *Kongsberg Kro*, der nach der Renovierung nach dem Brand vor ein paar Jahren nicht mehr zu seiner alten Form zurückgefunden hatte. Er aß sonntags gerne im Restaurant, allein, bedient von einem höflichen Ober, der ihn kannte, weil er so oft dort aß. Häufig saß Bjørn Hansen da und dachte über das nach, worüber Herman Busk und er gesprochen hatten, wenn sie über die Berge rund um die Stadt gewandert waren. Sie sprachen viel über Literatur, denn beide waren sie belesene Menschen. Zwar war ihr Geschmack ziemlich unterschiedlich, Herman bevorzugte breitangelegte, eher konventionelle Romane, gerne Buchclubausgaben, während Bjørn Hansen seine Bücher im großen und ganzen beim alljährlichen Ausverkauf des Buchhandels erstand, wo es die wirklich guten Stücke gab. So gesehen konnten sie selten mit Gewinn einzelne Werke besprechen, da Herman Busk selten die Bücher gelesen hatte, die Bjørn Hansen kannte, und Bjørn Hansen sich nicht für die Bücher interessierte, die Herman Busk las. Aber er hörte es gern, wenn Herman Busk von ihnen erzählte, nicht zuletzt, was er an ihnen schätzte, vielleicht weniger aufgrund der Argumente oder der Worte, die er benutzte, als vielmehr des Tonfalls wegen, der zeigte, daß sie einen gemeinsamen Bezugsrahmen hatten, auch wenn sie beide hinsichtlich der großen Leseerlebnisse innerhalb dieses gemeinsamen Bezugsrahmens jeweils allein waren. Aus dem gleichen Grund wußte Bjørn Hansen, daß Herman Busk ihn verstand, als er an einem Sonntag im Spätherbst, als die Blätter von den Bäumen fielen und die Wege mit goldenem Laub bedeckt waren, wie von einem Teppich oder von Müll, wenn man es vorzog, die Dinge so zu sehen, stolz verkünden konnte, daß Camilo José Cela gerade den Literaturnobelpreis bekommen hatte, denn er hatte einen Roman von Cela gelesen, der *Pascual Duartes Familie* hieß. Den hatte er vor sieben Jahren im Ausverkauf gefunden, ein Exemplar, für das nur er sich interessiert hatte, auch wenn es dieses für einen Spottpreis gab. In Norwegen gab es nicht viele, die von Camilo José Cela gehört hatten, der Roman hatte sich sicher nicht mehr als zweihundertmal verkauft, auch wenn er auf dem großen Büchertisch gelegen hatte, und Bjørn Hansen war also einer dieser 200. Aufgrund der Interviews, die er las, nachdem Cela den Preis bekommen hatte, war ihm klargeworden, daß wenige literarische Koryphäen, die interviewt wurden, etwas von ihm gelesen haben konnten. Doch nun gab es also einen Mann in Kongsberg, der ihn kannte. Der Kämmerer von Kongsberg hatte diesen Roman gefunden, der im Kopf eines spanischen Autors von höchster Qualität gesponnen worden war, das war doch was? Wo waren die anderen 200 Leser? Es gab sicher einige in unseren drei größten Städten, Oslo, Bergen und Trondheim, und zu den 200 gehörten gewiß auch des Spanischen Mächtige über unser langgestrecktes Land verteilt, die ihn auf norwegisch gelesen hatten, um die Übersetzung zu kontrollieren, aber wenn man eine exakte Übersicht bekäme, wäre man sicher überrascht. Es gab nun also diesen einen in Kongsberg, aber Bjørn Hansen war sicher, daß es in irgendeinem Dorf in Norwegen eine ganze Ansammlung von Cela-Lesern gab, zum Beispiel in Geithus. In Geithus? Warum nicht. Es konnte in Geithus durchaus 15 Cela-Leser geben, so hingen die Dinge zusammen, das Lesen gewisser Romane war wie eine Seuche im Kleinformat, eine geheime Seuche, die plötzlich an den seltsamsten Orten ausbricht und andere links liegenläßt. So war es früher nicht, doch so ist es nun einmal heute, sagte Bjørn Hansen und erzählte frohgemut, weil er stolz war, zu den 200 auserwählten Mitgliedern der geheimen Bruderschaft zu gehören, die Camilo José Celas Roman *Pascual Duartes Familie* gelesen hatte. Ein düsterer Roman im übrigen, fügte Bjørn Hansen hinzu, er handelt von einem Analphabeten, der kaltblütig mordet, eine spanische Legende, die etwas über die Bedingungen, unter denen Menschen in der verbrannten und aufgerissenen Landschaft Estremadura in Spanien aufwachsen, aussagt, aber, fügte er nachdenklich hinzu, war er düster genug, ich meine, ich mochte das Buch, aber ging es tief genug, ich meine, tief genug in meine eigene Existenz? Nachdem er das gesagt hatte, war er still, und auch Herman Busk wußte nicht, was er sagen sollte. Sie liefen schweigend nebeneinanderher. So liefen sie meistens, Bjørn Hansens Wortschwall in Verbindung mit der Nobelpreisverleihung an Cela gehörte wohl eher zu den Ausnahmen als zur Regel, sie redeten vor allem, wenn es sich so ergab, und dann häufig in dieser Art von Monologen, aber meistens liefen sie nebeneinanderher, in eigene Gedanken vertieft, lediglich davon unterbrochen, daß sie das freundliche Nicken der Menschen, die ihnen begegneten, erwidern mußten. Zu der Zeit, als Cela den Nobelpreis erhielt, war Bjørn Hansen jedoch schweigsamer, als es seine Art war, denn er hatte eine Sorge, die ihn neuerdings quälte. Er hatte Zahnschmerzen. Das heißt, er war nicht sicher, daß er sie erst kürzlich bekommen hatte, möglicherweise hatte er sie schon seit langem, hatte sie aber erst in letzter Zeit bemerkt, weil er der Tatsache ins Auge sehen mußte, daß er bald fünfzig wurde und den Zenit erreicht hatte und nun die Talfahrt beginnen sollte. Doch er machte sich wirklich Sorgen um seine Zähne, die also schmerzten oder sich zumindest bemerkbar machten. Er hätte es Herman Busk gegenüber gerne erwähnt, war aber der Ansicht, daß er ihn damit belasten würde. Einmal im Jahr bestellte ihn Zahnarzt Busk zur Untersuchung in seine Praxis und ging seine Zähne gründlich durch. Darüber sprachen sie übrigens nicht. Doch jetzt hatten seine Zähne angefangen zu schmerzen, und es waren bestimmt noch neun Monate bis zum nächsten Arztbesuch. Bjørn Hansen war wirklich besorgt, nicht so sehr der Schmerzen wegen, die waren leicht auszuhalten, sondern wegen ihrer Bedeutung. Er hatte Angst, die Schmerzen könnten bedeuten, daß die Zähne ausfielen, sich vom Zahnfleisch lösten und einfach ausfielen, einer nach dem anderen. Er mußte häufig eine Kraftanstrengung unternehmen, um Herman Busk nicht seine Sorgen anzuvertrauen. Und das, obwohl er wußte oder zumindest zu wissen glaubte, daß Herman verärgert gewesen wäre, wenn er gewußt hätte, daß sich Bjørn Hansen in einem solchen Gewissenskonflikt befand und nicht mit ihm darüber reden wollte, der ihm augenblicklich für den kommenden Montag einen Termin geben würde. Aber es war sicher nichts, dachte er. Es ist nur Einbildung und wäre dumm, einen Freund in der Freizeit mit seinen eingebildeten Problemen zu belasten, dachte er. So liefen sie schweigend nebeneinanderher auf ihrem Weg durch die Kongsberger Umgebung, über die Berge rund um die Stadt.

Unterbrochen von einer Antwort oder einem längeren Wortschwall. Wenn Bjørn Hansen gründlich das Pro und Kontra abwägte, bevor er seine Sorgen hinsichtlich der Zähne äußern wollte, und sich schließlich dafür entschied, Zahnarzt Busk nicht zu belasten, ließ er dennoch gerne die Gedanken schweifen und die Worte folgen, wenn es um andere Dinge ging, und oft konnte er dann Dinge sagen, die Herman Busk überraschten. So als der Stadtkämmerer plötzlich sagte, daß nahezu alle Bücher, die er mochte, erbarmungslose Bücher waren, die zeigten, daß das Leben unmöglich war, und die einen schwarzen und bitteren Humor aufwiesen. Das war im Grunde noch in Ordnung, und Herman Busk erkannte seinen Freund in diesen Worten wieder. Aber wenn er anschließend hinzufügte: »Ich habe sie allmählich satt«, und es damit erklärte, daß das, was er sich zu lesen wünschte, ein Roman war, der zeigte, daß das Leben unmöglich war, jedoch ohne Anflug von Humor, weder schwarzem noch sonstwie geartetem, da stutzte Herman, und ihm fiel nichts ein, was er sagen konnte, außer, daß es doch viele Bücher ohne jeglichen Anflug von Humor gäbe, worauf Bjørn Hansen sich wieder zurücknahm und sagte, ach so, ist das so, und sie sind alle zusammen ziemlich langweilig, sie waren wieder in der Stadt angelangt, hatten die alte Eisenbahnbrücke erreicht, standen nebeneinander, über das Geländer gebeugt, und starrten auf den Fluß unter sich, bevor sie weitergingen auf dem Fußweg neben den Bahngleisen, dann eine Abkürzung nach unten nahmen, in dicht bebautes Gebiet kamen und schließlich an die Straßenecke, wo sie sich entweder trennten und nach Hause gingen oder gemeinsam zu Herman Busks Haus weiterliefen, wo Frau Berit mit dem Sonntagsbraten wartete.

Er wurde fünfzig. Der Tag wurde in aller Stille gefeiert, in eigener Gesellschaft in angenehmer Isolation in einer Wohnung in einem Hochhaus in Kongsberg. Er hatte im voraus Bescheid gesagt, daß er keinerlei Aufmerksamkeit wünsche, und es wurde respektiert. Von *Aftenposten* erhielt er das Angebot, seinen Tag in der Zeitung abdrucken zu lassen, wenn er ein Bild einsandte und seine vitale Vita angab, wie er sich ausdrückte, als er es Herman Busk gegenüber erwähnte. Auch der lokale *Lågendalsposten* rief wegen eines Interviews an, aber er antwortete so bestimmt, daß sie begriffen, daß er meinte, was er sagte, und er kein Wort in der Zeitung haben wollte, und sie ließen ihn in Ruhe.

Plötzlich bekam er Bauchschmerzen. Hatte Schmerzen, wenn er gegessen hatte. Das bereitete ihm Sorgen, und er erwog, zum Arzt zu gehen. Doch er hoffte, die Schmerzen würden von selbst verschwinden, und ging folglich nicht zum Arzt. Sie taten es nicht. Aber waren die Schmerzen wirklich so stark? Er spürte hin. Es zog ein bißchen, konnte man sagen. Seine Zähne schmerzten, und auch sein Bauch. Beides ließ nicht nach. Aber er wollte seinen guten Freund Herman Busk nicht bei jeder passenden und unpassenden Gelegenheit aufsuchen, sondern beschloß zu warten, bis er die Aufforderung bekam, sich zur jährlichen Untersuchung einzufinden. Statt dessen beschloß er zu dem Allgemeinmediziner zu gehen. Er rief Dr. Schiøtz im Krankenhaus an, wie er es immer tat. Im Grunde genommen war er ja ein Bekannter von Dr. Schiøtz, sie hatten beide in verschiedenen Musicals in der Regie der Kongsberger Theatergruppe als Statisten mitgewirkt, und auch wenn es vier Jahre her war, konnte er ihn weiterhin zum Arzt haben. Dr. Schiøtz gab ihm sofort einen Termin.

Er fand sich zur vereinbarten Zeit im Krankenhaus ein und wurde in Dr. Schiøtz' Zimmer geführt. Dr. Schiøtz saß im Arztkittel hinter einem Schreibtisch und stellte ihm Fragen, wie Ärzte sie nun einmal zu stellen pflegen. Bjørn Hansen erzählte, Dr. Schiøtz nickte. Er tastete seinen Bauch ab und fragte, ob es weh täte, wenn er dort drückte. »Nein, nicht besonders«, sagte Bjørn Hansen. Dr. Schiøtz schrieb eine Überweisung für eine Röntgenuntersuchung, plauderte dabei über alte Zeiten und erwähnte beiläufig, daß auch er in der Theatergruppe aufgehört habe. Die Jahre vergehen, wie er sagte. Ich sitze lieber zu Hause und höre meinen Mozart. Auch Bjørn Hansen fand, daß das besser zu dem hochgewachsenen, schweigsamen Arzt mit den typischen Klavierfingern paßte.

Einige Zeit später erhielt er einen Anruf von Dr. Schiøtz. Dieser bestellte ihn zu sich ins Krankenhaus. Das Ergebnis der Röntgenuntersuchung läge vor. Bjørn Hansen wurde blaß und fuhr sofort hin. Wurde in das Zimmer von Dr. Schiøtz geführt, wo der Arzt wie letztes Mal hinter seinem Schreibtisch saß. Er studierte das Röntgenbild. »Ich kann absolut nichts finden«, sagte er. »Wir müssen noch weitere Untersuchungen anschließen. Wir wollen der Sache auf den Grund gehen.« Bjørn Hansen nickte. Dr. Schiøtz hörte mit dem Stethoskop Bjørn Hansens Brust ab. Schweigsam, abwesend wie immer. Plötzlich sagte er: »Was glauben Sie, wie viele Patienten ich bisher hatte? In meinem ganzen Leben?« Erstaunt über die Frage, schüttelte Bjørn Hansen den Kopf. Er wußte nicht, was er sagen sollte. Dr. Schiøtz sah ihm plötzlich direkt in die Augen, mit seinem intensiven und dennoch ewig abwesenden Blick, den alle für Zurückhaltung und Bescheidenheit gehalten hatten. »Einen kerngesunden Patienten vor sich zu haben, kann aus Sicht eines Arztes wohl nicht gerade befriedigend genannt werden. Oder? Es muß viel befriedigender sein, einen schwerkranken Mann vor sich zu haben, schließlich kann der Arzt nur einen kranken Menschen heilen. Nicht wahr?«

Bjørn Hansen war leicht unbehaglich zumute. Es war ganz seltsam. Dr. Schiøtz war wie verwandelt, und das überraschte ihn sehr. Der Unterschied lag in dem, was er sagte, nicht in dem, wie er war, er war so, wie Bjørn Hansen ihn in Erinnerung hatte. Plötzlich begriff Bjørn Hansen alles. Der Mann war drogensüchtig. Daß ihm das nicht früher klargeworden war. Dr. Schiøtz auf der Bühne im Kongsberger Kino, sie beide, Bjørn Hansen und er, im Chor, wenn sie tanzten und den Refrain sangen, in Cowboykluft oder in Seemannspullovern oder in was auch immer. Stets abwesend. Nie ganz »dabei«, obwohl er vor rastloser Energie nur so strotzte und sang, daß es widerhallte, aber stets mit einem zurückhaltenden törichten Lächeln auf den Lippen. Jawohl, das war Dr. Schiøtz, der schweigsame Drogensüchtige. Bjørn Hansen wurde plötzlich schwindlig. Daß es keiner gesehen hatte. Es war doch so offensichtlich. Aber es war jetzt lediglich offensichtlich, weil Dr. Schiøtz etwas Verrücktes zu ihm gesagt hatte. Mit anderen Worten, Bjørn Hansen erkannte es jetzt nur, weil Dr. Schiøtz ihn dazu eingeladen hatte.

Das beeindruckte ihn derart, daß er kaum mehr wußte, was er tat. Er sah Dr. Schiøtz ungläubig an, wie er in seinem Arztkittel hinter dem Schreibtisch saß und mit seinen dünnen Fingern und seinem sanften abwesenden Blick am Stethoskop herumfingerte. Ist das wahr? Warum ich? Warum möchte Dr. Schiøtz ausgerechnet mich einweihen? Aber Dr. Schiøtz gab darauf keine Antwort, er saß weiterhin abwesend und schweigend hinter seinem Schreibtisch. Plötzlich hörte er sich selbst sagen: »Was mich quält, ist, daß mein Leben so unbedeutend ist«, und das hatte er bislang noch zu keinem Menschen gesagt, nicht einmal zu sich selbst, obwohl es ihm seit vielen Jahren auf der Zunge lag, ja, die ganze Zeit eigentlich schon, und jetzt hatte er es also gesagt. Während er es sagte, sah er Dr. Schiøtz erstaunt an. Dr. Schiøtz' abwesender Blick flackerte auf, wie er bei einem Mann aufflackert, der gerührt ist, ohne es zeigen zu wollen. Ein flackernder, abwesender Blick, tief im Innern. »Und dabei habe ich noch rund dreißig Jahre vor mir, siebzehn mindestens, bis ich in den Ruhestand gehe. Ich glaube nicht, daß ich noch Illusionen habe.« Er hörte sich selbst laut und in seltsam vertrauensseligem Tonfall reden, was in aller Welt war das bloß? Dr. Schiøtz' Blick flackerte erneut auf. Dann lächelte er, ein herzliches Lächeln, der Kontakt war vorbei.

Sein Magen murrte. Dr. Schiøtz versuchte nun ganz konzentriert herauszufinden, was es damit auf sich hatte. Er neigte zu der Auffassung, die Schmerzen im Magen seien Symptome für etwas anderes, und führte verschiedene Untersuchungen durch. Die alle negativ waren oder positiv, je nachdem, welche Perspektive man einnahm. Das bedeutete, daß Bjørn Hansen weitere Termine bei diesem höchst angesehenen Krankenhausarzt haben würde. Wo er sich dann von Dingen reden hörte, über die er vorher nicht einmal zu sich selbst gesprochen hatte und denen der Arzt hocherfreut lauschte. In einem leichten Rausch wahrscheinlich. »Das meiste ist mir völlig gleichgültig«, hörte Bjørn Hansen sich bisweilen sagen. »Die Zeit vergeht, die Langeweile besteht.« Worte, die Dr. Schiøtz richtig froh machten, wie er sehen konnte, während dieser seine Untersuchungen vornahm. Konnte es der Hals sein? Den Mund einmal weit aufsperren. Waren es die Ohren? Was haben die Ohren mit dem Magen zu tun? Sagen Sie es mir, sagen Sie es mir.

»Wissen Sie, es ist reiner Zufall, daß ich mich in dieser Stadt befinde, sie hat mir nie etwas bedeutet. Es ist auch reiner Zufall, daß ich hier Kämmerer bin. Aber wäre ich nicht hier, wäre ich woanders und würde genauso leben. Doch damit kann ich mich nicht abfinden. Es stimmt mich wirklich verdrießlich, wenn ich daran denke«, sagte Bjørn Hansen, von neuem erschüttert darüber, daß er sich in Anwesenheit eines anderen wahrhaftig auf diese Weise äußerte.

»Das Leben hat mir meine Fragen nie beantwortet«, fügte er hinzu. »Wenn ich mir vorstelle, daß ich ein ganzes Leben verbringen soll, und schließlich handelt es sich um mein Leben, ohne auch nur in der Nähe des Weges zu sein, auf dem meine tiefsten Bedürfnisse gesehen und gehört werden können. Ich will schweigend sterben, ohne ein Wort auf den Lippen, denn es gibt nichts zu sagen«, sagte er und hörte selbst den verzweifelten Appell in seinen Äußerungen. Ausgesprochen vor einem anderen, der längst aufgehört hatte, Mensch zu sein, der im Umgang mit der Gesellschaft, in der er eine hohe und wichtige Position bekleidete, nur mehr eine leere äußere Hülle war. Oh, die Sonne hinter den kommunalen Gardinen im Fenster dieses Arztzimmers im Kongsberger Krankenhaus! Die drückenden Sonnenstrahlen auf der Fensterbank. Das durchsichtige Glas in den rechteckigen Fenstern, täglich mit Schaum gereinigt, als Ausdruck von Sicherheit, die das Krankenhaus in einer Gesellschaft wie der unsrigen ausstrahlen soll. Er schämte sich ein wenig seiner Worte, denn es wirkte abstoßend auf ihn, daß ein Mann von über fünfzig vom Tod sprach, und jetzt hatte er es selbst getan, laut und deutlich. Ein Dreißigjähriger kann es tun, denn sein Tod ist eine Katastrophe, egal welche Perspektive man einnimmt, jäh herausgerissen aus seiner Laufbahn, aber für ihn, der kürzlich fünfzig geworden war, wäre der Tod lediglich das Ende eines natürlichen Prozesses, wenn er auch, statistisch gesehen, etwas verfrüht eintreffen würde, und deshalb hatte man sich damit abzufinden, ohne zu jammern, vorbei ist vorbei, und alles geht seinen Gang bis zu seinem natürlichen Ende. Dennoch hatte er der Furcht, daß er sterben könnte, Ausdruck verliehen, ohne ein Wort dazu zu sagen zu haben, nicht einmal zu sich selbst, und das war und blieb für ihn unerträglich.

Was sagte Dr. Schiøtz zu alledem? Nicht viel. Er war ganz vergnügt. Er führte seine Untersuchungen durch, versiegelte die Proben, schickte sie zur Analyse, erhielt das Ergebnis, bestellte Bjørn Hansen erneut zu sich und entnahm neue Proben. Unterdessen redete Bjørn Hansen über Dinge wie diese. Es war, als begebe er sich in einen völlig neuen Raum, einfach nur, indem er Dr. Schiøtz begegnete, der dasaß oder dastand mit seinem abwesenden sanften Blick, der hin und wieder aufflackerte, in stiller Freude darüber, daß ihm jemand auf diese Weise entgegenkam. Hin und wieder wies Dr. Schiøtz auf seine Drogensucht hin, und zwar, indem er sie sein Schicksal nannte. »Bei meinem Schicksal«, konnte er sagen, »ist es nicht so einfach, mit den Dingen fertig zu werden, wenn ich darüber nachdenke, heißt selbst die alltäglichste Aufgabe für mich Leiden. Kurioserweise nicht, während ich sie ausführe, sondern während ich darüber nachdenke, vorher oder hinterher.« Am Ende hatte Dr. Schiøtz Bjørn Hansen von Kopf bis Fuß untersucht und nichts gefunden. »Ihnen fehlt überhaupt nichts«, sagte er, das kann ich Ihnen versichern, und dann grinste er. Diese Unart hatte er sich zugelegt, wenn er Bjørn Hansen als Patienten in seinen Sprechstunden empfing. Ein unterdrücktes Grinsen, das Bjørn Hansen nicht mochte, das er aber hinnahm, weil es ausdrückte, welch großes Vertrauen Dr.

Schiøtz zu ihm gefaßt hatte, daß er sich gehenlassen und seinen ewig leichten Rauschzustand zeigen konnte, den er sonst nie herauslassen durfte, aus einem Inneren, in dem er sein eigenes Leben führte, nur für sich selbst, in sich selbst, vollkommen gleichgültig allem anderen als diesem Rauschzustand gegenüber, der so beruhigend in seinen unsichtbaren Adern herrschte, davor mußte er sich hüten. Und damit war Bjørn Hansens Rolle als Patient vorbei. Er bedankte sich und verließ das Krankenhaus, ein wenig verwundert darüber, daß es vorbei war und daß diese merkwürdigen Sitzungen jetzt ein abgeschlossenes Kapitel darstellten.

Doch nun begann Dr. Schiøtz, Bjørn Hansen privat aufzusuchen. In seiner Wohnung. Meist spätabends und oft in einem stärkeren Rauschzustand als in seinem Arztzimmer. Er kam nicht sehr häufig, vielleicht einmal die Woche, oft seltener. Aber die Gespräche gingen weiter. Bjørn Hansen erzählte, und Dr. Schiøtz verwies auf sein Schicksal und war froh, daß er sich ganz natürlich und geradeheraus dazu äußern konnte. Wenn Dr. Schiøtz gegangen war, setzte Bjørn Hansen das Gespräch alleine fort, mit dem Arzt als fiktivem Gesprächspartner. So begann er zunehmend häufiger, offen in der Sprache zu denken, in die er sich hineinbegeben hatte. Es hing damit zusammen, daß er sich nicht mit dem Gedanken abfinden konnte, daß es das nun gewesen sei. Das wühlte ihn auf. Er wollte sich nicht damit abfinden. Und so brütete er einen Plan aus. Einen verrückten Plan, den er vor Dr. Schiøtz ausbreiten wollte, wenn dieser das nächste Mal kam.

Es war ein Plan, in dem er sein großes Nein oder sein großes Nicht, wie er es nannte, durch eine unwiderrufliche Handlung verwirklichen wollte. Durch eine einzige Handlung würde er sich in etwas hineinstürzen, aus dem er nicht mehr zurückkonnte und was ihn für den Rest seines Lebens an diese eine verrückte Handlung binden würde. Dr. Schiøtz diesen Plan vorlegen zu können war etwas, auf das er sich sehr freute, nicht zuletzt wegen des Umstands, daß der Plan die Mitwirkung von Dr. Schiøtz voraussetzte, so daß er sie beide auf eine Weise aneinanderband, die einer Vollendung des Verhältnisses gleichkäme, wie es sich zwischen ihnen entwickelt hatte. Er freute sich deshalb auf Dr. Schiøtz' nächsten Besuch, und als dieser endlich spätabends an der Tür läutete, abwesender denn je, jenseits von Gut und Böse, wie man es sicher nennen konnte, da hörte Bjørn Hansen, daß seine eigene Stimme einen seltsam erwartungsvollen Klang annahm, als er sagte: »Da sind Sie ja, kommen Sie herein, kommen Sie herein.« Dr. Schiøtz setzte sich, und Bjørn Hansen begann sofort, seinen Plan in groben Zügen darzulegen. Worin er bestand, was Bjørn Hansen vorhatte und zu welchem Zweck, und wo Dr. Schiøtz ins Spiel käme. Aber Dr. Schiøtz sagte augenblicklich, daß er nicht mitmachen würde. Es wäre zu riskant. Nur Dr. Schiøtz war absolut unverzichtbar, ohne ihn war der Plan nicht zu realisieren. Bjørn Hansen war über die negative Reaktion des Arztes überrascht, sie deutete an, daß er den Plan als »Wirklichkeit« ansah und nicht als »Idee«, wie er von Bjørn Hansens Seite gemeint war, aber sollte eine »Idee« in ihrer äußersten

Konsequenz »Idee« bleiben, mußte sie als »Wirklichkeit« hinausposaunt werden, doch da wollte Dr. Schiøtz keineswegs mitmachen. Vielleicht ist die Idee zu schlecht, dachte Bjørn Hansen und fing an, sie dem Arzt ausführlicher zu erläutern. Er hatte nicht den Eindruck, daß es ihm gelang. Er stand mit seiner ganzen Person hinter der »Idee« oder der Vision, aber es fiel ihm schwer, sich verständlich zu machen. Nicht was geschehen sollte, sondern warum um alles in der Welt er auf eine solche Idee verfallen war, wenn auch nur im Spiel. Zum Schluß mußte er zugeben: »Ich kann nicht erklären, warum ich so denke, wie ich denke«, sagte er. »Aber so denke ich nun einmal«, fügte er hinzu und lachte, ein wenig erstaunt über sich selbst. Kurze Zeit später wünschte Dr. Schiøtz ihm eine gute Nacht und ging.

Aber er kam wieder. Und jetzt war er entschlossen mitzumachen. »Doch ich will die Hälfte der Versicherungssumme«, sagte er, etwas, was Bjørn Hansen ihm gerne geben wollte. »Denn Sie nehmen ein großes Risiko auf sich«, sagte er. Dr. Schiøtz zuckte mit den Schultern.

Danach nahm sich der Arzt den Plan vor. Er hatte die nötige Sachkenntnis und deckte sofort drei Schwachpunkte auf. »Der Vorfall darf sich nicht hier ereignen«, sagte er. »Er muß ganz woanders stattfinden. In Osteuropa vielleicht. Haben Sie die Möglichkeit, aus plausiblem Grund dorthin zu fahren?« Bjørn Hansen überlegte. »Ja«, sagte er, »ich glaube schon.« Und eine Sache müßte verhindert werden. Niemand anderes durfte hineinverwickelt werden. Wenn sie das schafften, würde es gutgehen. »Diejenigen, die im

Alltag das Problem handhaben werden, werden nicht den geringsten Verdacht schöpfen, das liegt in der menschlichen Natur«, sagte der Arzt. »Wir werden nicht entlarvt, wenn Sie dichthalten.« Und Bjørn Hansen wollte dichthalten. Wenn nicht aus anderen Gründen, so zumindest aus Rücksicht auf Dr. Schiøtz. Wenn er den Drang verspüren sollte, sich jemandem anzuvertrauen, gab es ja außer ihm noch einen Menschen, auf den er Rücksicht nehmen mußte, und das würde ihn zurückhalten, sagte er inbrünstig, und wieder sah er, daß Dr. Schiøtz ganz gerührt war.

Nachdem Dr. Schiøtz diese verrückte »Idee« genauestens überprüft hatte, wurde sie zu einer klinischen Operation, in der man zu den einzelnen Punkten Stellung beziehen mußte, deren Alternativen und denkbare Hindernisse genau durchdacht wurden. Denn jetzt, nachdem Dr. Schiøtz beschlossen hatte, sich aktiv an dem Spiel zu beteiligen, machte er das, was zunächst nur Ausdruck für Bjørn Hansens Drang zu etwas Unabwendbarem war, zu etwas sehr Konkretem, es wurde jetzt innerhalb der Strukturen des Gesundheitswesens zu einem durchführbaren Plan, der sich die Möglichkeit zunutze machte, innerhalb eines jeden Gedankensystems wie auch innerhalb eines jeden sozialen Netzes von innen kleine Löcher, winzige, dunkle Löcher zu bohren.

Für Bjørn Hansen bedeutete Dr. Schiøtz' Eintritt in seinen eigenen Plan, daß dieser unangenehmer, aber auch faszinierender wurde. Bald wußte er nicht mehr, ob es Spiel oder Wirklichkeit war. Selbst meinte er wohl, es sei ein

Spiel, eine kranke Ausgeburt seiner Phantasie, ja, so nannte er sie, diese verrückte Logik in seinem eigenen Gehirn, von der er so fasziniert war und die er mit Dr. Schiøtz teilte wie eine Vertrauenserklärung. Aber nach und nach, als ein Wort das andere ergab und er Dr. Schiøtz darauf hinwies, daß es ein »Spiel« war, darauf pochte, wenn auch äußerst diskret, indirekt, da sah Dr. Schiøtz ihn höhnisch an, unerschütterlich, als verstünde er nicht, was Bjørn Hansen meinte, wenn er auf eine Art »Spiel« hindeutete. Der Plan sollte durchgeführt werden. Er war jetzt ganz konkret. Es fehlte nur noch der Ort des Geschehens, und der würde sich bei nächster Gelegenheit ergeben. Dr. Schiøtz spielte nicht. Bjørn Hansen spürte, wie sich ihm die Kehle zuschnürte. War er nicht Kämmerer in Kongsberg? War nicht Dr. Schiøtz ein höchst angesehener Arzt am Kongsberger Krankenhaus? Was war das? Ein Spiel, das selbst als Spiel niemand anderem zu Ohren kommen durfte, das war zu peinigend. Der Kämmerer und der Arzt. Aber Dr. Schiøtz war drogensüchtig. Er brauchte einen Komplizen, und nicht nur im »Spiel«. Er hatte persönlich ein Risiko auf sich genommen, um an einen »Gesunden« heranzukommen, der die Sprache der »Kranken« sprach, voller Ernsthaftigkeit, wie ein Komplize, Dr. Schiøtz zögerte nicht, mit einem solchen Bruder einen Handel einzugehen.

Bjørn Hansen hatte äußerst ambivalente Gefühle, im Hinblick auf Dr. Schiøtz wie auch im Hinblick auf den Plan, je mehr der Arzt in der Planung aufging. Die klinische Ausdrucksweise des Arztes provozierte ihn, wenn dieser von einem zukünftigen Ereignis sprach, das Bjørn Hansens eigenes Leben fundamental verändern würde, ja katastrophal verändern würde, es handelte sich um ein Abgleiten in das Unbekannte und absolut Unwiderrufliche, und als er ihn verdächtigte, daß er hinter diesem Plan so eifrig her war, obwohl er ihn als Arzt ja sowohl für dumm als auch für selbstdestruktiv halten mußte, ja für »krank« sogar, so mußte das bedeuten, daß er versuchen würde, ihn zu »Fall« zu bringen, denn nur auf diese Weise konnten die zwei Männer einander ebenbürtig werden, jenseits von allem anderen, jeder mit seinem heimlichen Leiden, und dennoch war er von dem Plan so fasziniert, nicht zuletzt von dessen möglicher Durchführbarkeit, daß er oft dachte: Ich tu's. Bei Gott, ich tu's. Letztendlich kann mich keiner daran hindern. Aber: Das ist ja verrückt, wahnsinnig verlockend, aber Wahnsinn. Und zum Schluß, als er begriff, daß er in einem solchen Maße mit seinem eigenen Leben spielte, in vollem Ernst, daß er daran dachte, dieses Vorhaben umzusetzen, da rief er, wenn er allein im Zimmer war, laut aus: »Nein, nein, es ist nicht wahr! Das bin nicht ich!«

Doch dann bekam er einen Brief von seinem Sohn. Es war Ende Mai und traf ihn völlig unerwartet. Er hatte seinen Sohn nicht mehr gesehen, seit dieser vierzehn war, als Peter, der in Narvik bei seiner Mutter und seinem Stiefvater lebte, aufhörte, ihn im Sommer zu besuchen, als dies nicht mehr in die anderen und interessanteren Pläne eines Jungen paßte. Aber der Kontakt zwischen ihnen war nicht völlig abgebrochen. Sie telefonierten mehrmals im Jahr miteinander, an Weihnachten und an Geburtstagen. Ja, oft hatte Peter angerufen, wenn er etwas besonders Erfreuliches zu erzählen hatte, wenn er zum Beispiel in der Schule besonders gute Noten bekommen hatte oder seine Mannschaft oder er selbst sich im Sport hervorgetan hatten. Aber es war das erste Mal, daß er von ihm einen Brief erhielt.

Peter Korpi Hansen war jetzt zwanzig. Er war beim Militär und sollte in einigen Wochen entlassen werden, Anfang Juni. Der Brief war beim Militär aufgegeben worden, und der Sohn hatte auf der Rückseite des Umschlags vor dem Namen seinen militärischen Dienstgrad angeführt, samt der Truppe und der Kompanie, der er angehörte. Er schrieb, daß er im Herbst an der Technischen Hochschule in Kongsberg beginnen würde, wo er einen Platz für den Optikerstudiengang erhalten hatte. In diesem Zusammenhang wollte er anfragen, ob er im ersten Semester bei seinem Vater wohnen könne oder jedenfalls so lange, bis er ein geeignetes und billiges Zimmer gefunden habe.

Bjørn Hansen war gerührt. Er setzte sich sogleich an seinen Schreibtisch und schrieb zurück. Selbstverständlich könne Peter bei ihm wohnen, nichts würde ihn mehr freuen, er habe ausreichend Platz, Peter brauche sich also nicht nach einem Zimmer umzusehen, es sei denn, er zöge es vor, woanders als bei seinem Vater zu wohnen, was ihn in dem Fall keineswegs treffen würde, denn er wußte, daß viele junge Männer dies vorzogen.

Anschließend, da der Brief ein wenig kurz ausgefallen war, wie er fand, fügte er noch ein paar Zeilen über seinen

Alltag als Kämmerer in Kongsberg hinzu. Erzählte, wie die schlechten Zeiten zu einer zusätzlichen Arbeitsbelastung geführt hatten, weil die Leute in den guten Zeiten über ihre Verhältnisse gelebt hatten, so daß sie ihren Verpflichtungen nicht mehr nachkommen konnten, als sich das Blatt gewendet hatte, und daß die Anzahl der Insolvenzen stark zugenommen hatte, bedauerlicherweise natürlich, aber dagegen konnte er nichts ausrichten. Aber glaub nicht, daß es mir Spaß macht, meinen Namen unter ein Papier zu setzen, das normalen Menschen, die ihren Verpflichtungen nicht länger nachkommen können, die Wohnung wegnimmt. Ja, offen gestanden schneidet es mir ins Herz, aber das kann mir niemand ansehen, denn meine Gefühle können den Betreffenden ohnehin nicht helfen.

Nachdem er noch ein paar Worte hinzugefügt hatte, daß er sich freue, Peter hier in Kongsberg zu sehen, unterschrieb er mit »Dein Vater«, steckte den Brief in einen Umschlag und klebte ihn zu. Er sah sich in der Wohnung um. Sie war groß genug für mehr als eine Person. Sie bestand aus vier Zimmern. Einem riesigen Wohnzimmer, das sowohl als Wohnraum als auch als Eßzimmer diente und eine breite Schiebetür zu einem freundlichen Balkon mit Abendsonne hatte. Er hatte eine Küche mit allen modernen Hilfsmitteln, außer einer Mikrowelle, in der man doch nur Spülwasser aufwärmen konnte. Daneben gab es zwei große Schlafzimmer, von denen Bjørn Hansen das eine als Bibliothek eingerichtet hatte, dort saß er jetzt und schrieb seinem Sohn. Um die Wohnung sauberzuhalten, hatte er ein junges Mädchen gefunden, das im zweitletzten Schuljahr auf dem Gymnasium war. Sie war die Tochter von Frau Johansen in der Kämmerei und hieß Mari Ann. Strenggenommen hätte er selbst Ordnung in seiner Wohnung halten können. Aber Frau Johansen hatte darüber geklagt, daß der Druck auf die jungen Leute heutzutage so groß war, sie wollten dieses und jenes haben, teure Sportausrüstung und Markenkleider, so daß die meisten neben der Schule noch einen Job hatten, außer ihrer eigenen Mari Ann, was dazu führte, daß sich die Tochter ausgegrenzt fühlte, und folglich hatte Bjørn Hansen, ihr Chef, vorgeschlagen, daß sich die Tochter ein paar Kronen dazuverdienen könne, wenn sie seine Wohnung putzte.

Deshalb kam Mari Ann und putzte für ihn. Sie hatte den Schlüssel erhalten und kam vorbei, wenn es ihr paßte. Ihm war es gleich, wann sie kam, Hauptsache sie kam einmal in der Woche und machte die Arbeit, für die er sie bezahlte. Nicht selten war sie da, wenn er nachmittags nach Hause kam. Sie stand über den Putzeimer gebeugt, von dem ein Geruch von Kernseife ausging. Sie trug enge Jeans. Er kam ins Wohnzimmer und sah, wie sie dort stand, vorgebeugt, und den Scheuerlappen auswrang. Sie war ganz in die Arbeit vertieft und zeigte ihm einen rundlichen, mädchenhaften Po. Völlig unbeeindruckt davon, daß er ins Zimmer kam und sie beobachtete. »Hallo«, sagte sie nur, ohne aufzusehen. Bjørn Hansen mußte lächeln (etwas traurig?) über diese jugendliche Unberührtheit und Naivität, Unberührtheit zumindest hinsichtlich seines Blicks, den er im übrigen rasch zur Seite gleiten ließ. In der ersten Zeit war sie sehr gewissenhaft und gründlich und brauchte folglich viel Zeit. Doch dann wurde sie nachlässig. Das hatte er einmal beanstandet. Er verwies darauf, daß in den Ecken nicht gründlich genug geputzt war, dort sammele sich nämlich der Staub. Desgleichen unter dem Sofa. Daraufhin errötete sie. Es legte sich ein kräftiger roter Schimmer über ihre Wangen bis zu den Ohrläppchen. Das war ein seltsamer Anblick, und Bjørn Hansen war verwirrt gewesen. Zugleich hatte er befürchtet, sie würde es ihrer Mutter verraten, und er wußte nicht, wie er mit dieser Situation umgehen sollte. Deshalb sagte er, daß es nicht seine Absicht war, pedantisch und schwierig zu sein, aber er sei nun einmal der Meinung, daß es in einer Wohnung nicht sauber war, wenn nicht der ganze Fußboden geputzt wurde, komm her, er wollte ihr helfen, das Sofa zu verrücken. Sie faßten gemeinsam an, aber die Röte von ihren Ohrläppchen verschwand nicht. Er glaubte jedoch nicht, daß sie zu Hause etwas erzählt hatte, jedenfalls merkte er Frau Johansen im Büro nichts an.

Seit vier Jahren wohnte er nun allein. In dieser Wohnung. Jetzt mußte er Veränderungen vornehmen. Zunächst sollte der Sohn die Bibliothek als Zimmer bekommen. Das bedeutete, daß die Bücher ins Wohnzimmer kamen und er dort einen Leseplatz finden mußte. Ein paar Bücherregale konnte er im übrigen stehenlassen, für Peters Bücher. Außerdem mußte er ein Bett kaufen oder vielleicht am ehesten ein Schlafsofa, so daß das Zimmer als Wohnraum dienen konnte, in dem der Sohn seine Gäste empfing. Nein, das konnte mißverstanden werden. Selbstverständlich konnte der Sohn seine Gäste in dem riesigen Wohnzimmer empfangen, denn dann könnte er selbst in *sein* Schlafzimmer gehen, wo er sich eine Leseecke und eine kleine Bibliothek im Miniaturformat einrichten konnte, ja, so wollte er es machen. Trotzdem sollte der Sohn ein Schlafsofa bekommen, er konnte seine Freunde ja auch im Wohnzimmer empfangen, selbst wenn er ein Schlafsofa hatte, verflucht, ein Bett wirkte so schlafzimmerhaft. Und dann mußte er überlegen, ob er nicht doch eine Mikrowelle kaufen wollte. Zwar hielt er an seiner Meinung fest, daß richtiges Essen unmöglich in einer Mikrowelle zubereitet werden konnte, aber für einen sehr beschäftigten jungen Studenten, der sicher im Handumdrehen etwas zu essen haben wollte, war es gewiß eine ausgezeichnete Einrichtung, dachte er.

So ging er durch die Wohnung und plante die Veränderungen, die sich aufdrängten, weil sein Sohn bei ihm wohnen würde. Er war gut gelaunt. Es würde sein ganzes Leben auf den Kopf stellen. Er hatte tatsächlich einen Sohn, der bei ihm wohnen sollte. Er war von einer unverdienten Freude ergriffen, und ihm war klar, daß er diese zu schätzen wissen mußte. Er baute die Bücherregale in seiner geliebten Bibliothek ab, außer einem, das seiner Ansicht nach genau für Peters Bücher passen würde. Fing an, sie im Wohnzimmer wieder aufzubauen. Richtete sich die geplante Leseecke in seinem eigenen Schlafzimmer ein, mit einem Bücherregal an der Wand und einem bequemen Sessel. Das Zimmer des Sohns war jetzt voller Bücher, die sich auf dem Fußboden stapelten. Bevor er sie im Wohnzimmer und seinem eigenen Schlafzimmer einräumte, ging er in die Stadt, um nach einem guten Schlafsofa zu suchen. Und nach einer Mikrowelle. Ein paar Tage später kam das Schlafsofa. Bjørn Hansen lief durch die Wohnung und überlegte, ob er etwas vergessen hatte, etwas, das ein junger Student in seinem privaten Schlafzimmer, das vielleicht auch sein Studierzimmer werden würde, unbedingt brauchte. »Endlich etwas, worauf ich mich freuen kann!« stieß er aus. Das muß ich wirklich sagen. Damit hatte ich nicht gerechnet. Sich vorzustellen, daß er hier wohnen will, wenn auch nur für ein paar Wochen! Was für ein Glück, daß er Optiker werden will! Und auch einen Studienplatz bekommen hat! Das ganze Leben wird auf den Kopf gestellt! rief er aus.

Er sollte mit seinem Sohn wiedervereint werden. Peter war es gewesen, der aufgehört hatte, seinen Vater zu besuchen. Aber er war es jetzt auch, der die Initiative ergriffen und den Kontakt wiederhergestellt hatte. Er wußte, daß es schwierig werden könnte. Es war jetzt sechs Jahre her, daß er Peter zuletzt gesehen hatte, damals war sein Sohn ein Kind gewesen, jetzt war er erwachsen. Bjørn Hansen wußte nicht einmal, wie er aussah. Vielleicht hatte der Sohn den Kontakt zum Vater gar nicht abbrechen wollen, als er 14 war. Auch wenn er jeden Sommer einen Vorwand gesucht hatte, um nicht zu kommen. Vielleicht hatte er darauf gehofft, der Vater möge ihn auf Knien bitten zu kommen. Doch das hatte er nicht getan, denn Teil des Preises, den er bezahlte, als er seinen kleinen zweijährigen Sohn und dessen Mutter verließ, war, daß er sich damit abfinden mußte, wie dieser Sohn, als er 14 wurde, zu seinem Vater sagte, er habe andere Pläne für den Sommer, als ihn zu besuchen, und dies wiederholte sich, als der Sohn 15, 16, 17, 18 war. Je näher der Termin von Peters Ankunft rückte, desto klarer wurde ihm, wie unsicher und ängstlich er diesem Treffen entgegensah. Er merkte es an der Art, wie er anderen gegenüber über Peters Kommen sprach. Zu Berit und Herman Busk zum Beispiel. Er redete über Peter wie ein ganz normaler Vater. Er sagte, lässig hingeworfen, es wäre sicher nicht leicht, einen Jugendlichen im Haus zu haben, und äußerte die väterliche Sorge, ob das Optikerstudium auch »gut genug« sei. Es schien fast so, als würde er eine Rolle einstudieren, von der er achtzehn Jahre lang ziemlich weit entfernt gewesen war und die er jetzt allen und jedem als seine eigene vorspielte. Doch der 18jährigen Mari Ann gegenüber, die seine Wohnung putzte, verriet er sich. Wegen der Veränderungen, die er in der Wohnung vorgenommen hatte, erzählte er ihr, daß er im Herbst seinen Sohn erwarte. Daraufhin zeigte sie plötzlich Interesse und fragte, völlig natürlich im Grunde, ob er ein Foto von ihm hätte. Das hatte er jedoch nicht! Das letzte Foto, das er von seinem Sohn hatte, zeigte Peter an einem Sommertag in seinem elften Lebensjahr. Mari Ann sah ihn überrascht an. Anschließend konnte Bjørn Hansen zu seiner Verärgerung feststellen, daß sie zu verbergen suchte, was sie eigentlich von einem Fünfzigjährigen hielt, der einen Sohn hatte, für den er sich anscheinend nicht *mehr* interessierte, als dies der Fall war. Das

Mädchen war offensichtlich der Meinung, diese moralische Verurteilung sei ihr gutes Recht, und diese wurde dadurch nicht geringer, daß sie, nachdem sie zunächst überrascht gewesen war, nun versuchte, so zu tun, als wenn nichts wäre, denn sie traute sich nicht, geradeheraus zu zeigen, was sie von ihm hielt, da er es schließlich war, der ihr ein Taschengeld gab, und da er überdies alt war und eine Art Stütze der Gesellschaft, ja und außerdem der Chef ihrer Mutter.

Denn im Grunde hatte er, als Peter heranwuchs, keinen Bedarf an Fotos von ihm gehabt. Hätte er welche bekommen, wäre es schön gewesen, aber als er keine bekam, litt er auch keine Entbehrung. Er hatte nicht das dringende Bedürfnis zu wissen, wie sein Sohn an seinem 18. Geburtstag aussah oder am Tag seiner Abiturfeier oder am Tag seines Dienstantritts beim Militär. Er hatte einen Sohn, das genügte, und er verspürte keinerlei Bedürfnis, Spekulationen über dessen Aussehen anzustellen. Er sah überhaupt keine Veranlassung, eine familiäre Beziehung zu seinem Sohn zu haben, denn er lebte nicht mit ihm in einer Familie – und hatte es im übrigen nie getan, außer für kurze Zeit. Doch er war sein Sohn. Er war stolz darauf, einen Sohn zu haben, aber so, wie die Umstände nun einmal waren, brauchte dieser Sohn für ihn kein Gesicht zu haben, das er einem Foto entnehmen und betrachten konnte. Und er wollte es sich verbeten haben, daß ihn ein 18jähriges Mädchen deshalb als eine Art Monster betrachtete.

Er hatte in all diesen Jahren viel an seinen Sohn gedacht. Nicht Tag und Nacht, und er hatte auch niemals wachgelegen und darüber spekuliert, wie es ihm wohl gehen mochte. Er war davon ausgegangen, daß sein Sohn sein Leben ohne ihn lebte, vom Kind zum Mann heranwuchs, ohne daß er in seiner Nähe war, als Korrektiv. Ihm gefiel der Gedanke, daß sein Sohn in Narvik umherlief und heranwuchs. Früher, als er im Sommer noch von ihm besucht wurde, freute er sich darauf und verbrachte vierzehn Tage mit ihm, die reich an Höhepunkten waren, aber wenn die vierzehn Tage vorbei waren, war es nur mit Wehmut und keineswegs mit Trauer, daß er ihn zum Flughafen Fornebu brachte und ihn ins Flugzeug setzte, das ihn zu seinem Zuhause in Narvik bringen sollte. Ja, offen gestanden empfand er eine Form von Erleichterung darüber, daß es vorbei und gutgegangen war und daß er sein normales Leben wieder aufnehmen konnte. Aber es waren diese vierzehn Sommertage im Jahr, von Peters kleinster Kindheit an, die ihn direkt mit ihm verbanden. Er wußte sehr wohl, daß Peter jetzt ein junger Mann war, weit entfernt von dem kleinen Peter aus Kindertagen, die den jungen Mann sicherlich verlegen machten, wenn er daran erinnert würde. Nicht Peter, sondern Erinnerungen hatte Bjørn Hansen im Kopf. Wie das Zucken der Hand des kleinen Jungen beim Anblick eines großen freilaufenden Hundes direkt vor ihnen, das er spürt, weil er Peter an der Hand hält. Der Junge, der abrupt stehenbleibt und die Hand des Vaters umklammert, um ihn zurückzuhalten. Die Angst des Jungen vor einem großen, streunenden Hund, verbunden mit dem Wissen, daß er lernen muß, sie zu beherrschen oder wenigstens zu unterdrücken, wie der Vater, der sagt, komm schon, der Hund ist nicht gefährlich. Er war froh, daß er das Zucken dieser Hand in seiner hatte. Zum Glück, dachte Bjørn Hansen, hatte er es. Doch was half es bei der Begegnung mit dem fremden jungen Mann, der unterwegs nach Kongsberg war, um Optometrie zu studieren, und der, jedenfalls vorläufig, bei ihm wohnen sollte. Mit diesem Zwanzigjährigen und seinem Gesicht, das er noch nie gesehen hatte? Der plötzlich auftauchen sollte. Hier. Um bei seinem Vater zu wohnen.

Dann stand er also eines Morgens da, Ende August. Am Kongsberger Bahnhof. Wartete auf den Zug. Wartete auf seinen fremden Sohn. Er war früh dran, stand auf dem Bahnsteig und wartete. Mit einemmal erblickte er Dr. Schiøtz. Dr. Schiøtz wartete ebenfalls auf den Zug. Auf Präparate für das Krankenhaus. Bjørn Hansen fand es verwunderlich, daß Dr. Schiøtz höchstpersönlich die Präparate für das Krankenhaus abholte, ging jedoch davon aus, daß er es tat, um ein wenig frische Luft zu schnappen. Bjørn Hansen erzählte, daß er seinen Sohn erwarte, der an der Ingenieurhochschule in Kongsberg Optometrie studieren wolle. »Ihr Sohn? Ich wußte nicht, daß Sie einen Sohn haben. Wie schön«, fügte er hinzu, und Bjørn Hansen fragte sich, ob in der Antwort eine Spur von Ironie lag. Doch ihm blieb nicht die Zeit, darüber nachzudenken, denn in dem Moment kam der Zug aus Oslo auf den wunderschön gebogenen Bahngleisen zum Vorschein. Langsam fuhr der lange Zug in den Bahnhof ein und hielt. Es war der Südnorwegenexpreß, der einen kurzen Halt in Kongsberg einlegte, um dann weiter landeinwärts zu fahren, durch die Telemark, bevor er schließlich an der südlichsten Stelle Norwegens die Küste erreichte, in Kristiansand. Bjørn Hansen reckte den Hals, denn nun stiegen die Fahrgäste aus und bahnten sich einen Weg zwischen denen hindurch, die darauf warteten einzusteigen.

Bjørn Hansen fiel auf, daß die meisten, die heute in Kongsberg aus dem Südnorwegenexpreß stiegen, junge Menschen waren, bevorzugt junge Männer. Alle mit Gepäck. Das hing natürlich damit zusammen, daß ein neues Studienjahr vor der Tür stand und die Studenten nun nach ihren wohlverdienten Ferien oder aber zum ersten Mal in Kongsberg eintrafen. Doch Bjørn Hansen machten sie nun einen Strich durch die Rechnung, denn wie sollte er in dieser Menschenmenge aus jungen Studenten seinen Sohn erkennen? Als er sah, wie sie über den Bahnsteig kamen, auf die Stelle zu, an der er stand, hatte er mit einemmal große Angst, daß er sich an den Falschen wenden könnte. Sich den falschen Sohn aussuchen. Im Beisein von Dr. Schiøtz. Ihn würde der Schlag treffen, wie es heißt, als würde aus dem blauen wolkenfreien Himmel plötzlich ein Blitz herniederfahren und ihn gezielt treffen. »Dort ist er«, hörte er Dr. Schiøtz sagen. »Er ist Ihnen wie aus dem Gesicht geschnitten«, fügte der Arzt noch hinzu.

Er war es. Aus der Menge an jungen Männern, die jetzt auf dem Weg zu Dr. Schiøtz und ihm waren, war er der einzige, der zielstrebig, zwei schwere Koffer schleppend, auf ihn zukam. Natürlich! Peter erkannte ihn wieder, er hatte sich in diesen Jahren schließlich nicht sehr verändert. Er sah die zielstrebigen Schritte seines Sohns, dessen Blick auf ihn gerichtet war, und ging ihm entgegen, um ein Stück von Dr. Schiøtz entfernt zu sein, wenn er seinen Sohn in Empfang nahm. Während er diese Schritte auf ihn zumachte, blieb Peter stehen, stellte die Koffer ab und lächelte. Bjørn Hansen fuhr zusammen. Er war eine jüngere Ausgabe seiner selbst. Aber was für ein nacktes Gesicht, dachte er. Mein eigen Fleisch und Blut. Was für ein nacktes Gesicht! Fast obszön.

Bjørn Hansen war nun bei ihm angelangt. Sie standen einander gegenüber. Bjørn Hansen streckte resolut die Hand aus, um Peter zu begrüßen. Er wollte seinen Sohn per Handschlag begrüßen. Weil er Angst hatte, Peter habe die Koffer abgestellt, um die Hände frei zu haben und seinen Vater zu umarmen, was Bjørn Hansen gerne vermeiden wollte. Der Sohn war zu plötzlich aufgetaucht! Es wäre zu intim, ihn zu umarmen. Deshalb streckte er ihm die Hand hin. Peter ergriff sie. »Herzlich willkommen«, sagte der Vater. »Hallo«, sagte der Sohn, immer noch lächelnd.

Sie betrachteten sich gegenseitig. Abgesehen davon, daß er eine jüngere Ausgabe seiner selbst war, unterschied sich Peter Korpi Hansen mitnichten von den anderen Studenten, die hier in Kongsberg aus dem Zug gestiegen waren, ja, wäre er nicht zielstrebig auf Bjørn Hansen zugekommen, sondern an ihm vorbeigeströmt wie die anderen, ist nicht gesagt, daß Bjørn Hansen ihn in der Menge als den Sohn erkannt hätte, den er hier treffen wollte. Er trug ein T-Shirt und darüber eine leichte Jacke aus dünnem Kunstfaserstoff, die ihm etwas Lässiges und Unbeschwertes verlieh. Das T-Shirt war mit Buchstaben bedruckt, wie es alle T-Shirts zur Zeit anscheinend waren. Auf Peters Shirt stand: *Voice of Europe*. Witzigerweise wußte Bjørn Hansen, daß dies der Name eines neuen norwegischen Kleiderproduzenten war, der Modeklamotten für Jugendliche herstellte, und das wußte er, weil er als Kämmerer häufig in Nachlaß- und Konkursangelegenheiten als Gemeindevertreter zugegen war, und es hatte im vergangenen Jahr auch in Kongsberg bei ein paar Modeboutiquen Konkurse gegeben, folglich kannte er *Voice of Europe*, weil die Firma Schuldforderungen bei Bankrotteuren in Kongsberg hatte und es Bjørn Hansens Aufgabe war, dafür zu sorgen, daß sich der Staat seine rechtmäßigen Ansprüche sicherte, es ging fast immer um ausstehende Umsatzsteuerzahlungen, und das, bevor die privaten Gläubiger ihren Teil bekamen, und so gesehen war er gewissermaßen sogar ein Konkurrent der Firma, für die der Sohn auf seiner Brust so naiv warb, doch das ahnte Peter natürlich nicht, dachte er innerlich lächelnd. Er betrachtete seinen jungen, modernen Sohn, der ansonsten eine graue Sommerhose aus einem weichen, etwas flaumigen Stoff anhatte, der sich angenehm zu tragen schien, das konnte sogar ein auf diesem Gebiet untrainierter Blick wie der von Bjørn Hansen erkennen. An den Füßen hatte er dicke, selbstzufriedene Joggingschuhe.

Der Eindruck, den dieser junge Mann auf Bjørn Hansen machte, war gewaltig. Es war schließlich sein Sohn. Die

Jugendlichkeit schlug ihm entgegen und nahm ihm fast den Atem. Die Jugend und ihre ganze Pracht! Gewinn, der eingefahren, ein Leben, das gelebt werden sollte, das alles im Kleiderstil seines Sohns selbstbewußt verkörpert. Natürlich wußte Bjørn Hansen, daß sein Sohn als Stereotyp eines Jugendlichen auftrat. So wie er gekleidet war, kleideten sich heutzutage alle jungen Männer. Von einem Dutzend Jugendlicher waren dreizehn so gekleidet wie Peter Korpi Hansen. Sie alle strahlten die gleiche berauschende Lässigkeit, Selbstzufriedenheit und Ungezwungenheit aus. Dennoch war es verwunderlich, dies bei seinem eigenen Sohn anzutreffen. Er hatte einen Sohn, der zur Jugend gehörte. Dieser hatte sich mit all seiner Jungheit seiner eigenen Generation angepaßt.

Peter erzählte sofort von seiner langen Reise. Er war mehr als zwei Tage lang mit Bussen und Zügen gereist. Durch fast ganz Norwegen. Nachts mit dem Zug, zurückgelehnt in einem Schlafsessel, hatte er den besonderen nächtlichen Rhythmus des Zuges gespürt. Tagsüber durch wechselnde Landschaften. Berge und Täler. Seen und kleine Dörfer. Doch nichts davon beschäftigte ihn jetzt. Reisen war anscheinend kein großes Erlebnis. Er hatte eine laute Stimme, ziemlich belehrend, fand der Vater. Peter erzählte, daß er einer Schmach ausgesetzt gewesen sei. Er sagte nicht Schmach, sondern benutzte ein anderes, jugendlicheres Wort. Sie hatten anscheinend versucht, ihn fertigzumachen. Auf dem letzten Teil der Reise von Oslo nach Kongsberg. Jemand hatte sich auf seinen Platz gesetzt. Seinen reservierten Platz. Der Vater bückte sich nach den Koffern und sagte: Ja, ja, gehen wir schon mal. Er nahm beide Koffer hoch, ohne daß Peter protestierte. Das fand er eigentlich erstaunlich, ging jedoch davon aus, daß der Sohn dachte, der Vater würde die Koffer lediglich bis zum Auto vor dem Bahnhofsgebäude tragen. Als er allerdings sagte: Ich bin nicht mit dem Auto gekommen, es ist nämlich ganz hier in der Nähe, machte der Sohn noch immer keine Anstalten, den einen Koffer zu nehmen, sondern ließ ihn beide Koffer tragen, die im übrigen nicht so schwer waren, wie er gedacht hatte, während der Sohn weiter von der Schmach erzählte, der er ausgesetzt gewesen sei. Ja, als er in Oslo in den Zug gestiegen war und sich im angegebenen Wagen zu dem angegebenen Platz begeben hatte, saß dort eine Frau. Sicherheitshalber kontrollierte er noch einmal die Fahrkarte, bevor er ihr sagte, daß dieser Platz besetzt sei. Die Frau behauptete jedoch, das könne nicht stimmen. Er zeigte ihr die Reservierung, aber sie beharrte auf ihrem Standpunkt. Der Zug fuhr los, und Peter stand da ohne Platz. Die Frau weigerte sich zu weichen. Sie behauptete, reservierte Plätze seien auf der Rückenlehne markiert. Auf ihrer Rückenlehne sei jedoch nichts markiert gewesen, folglich sei der Platz nicht reserviert und deshalb habe sie ein Recht, hier zu sitzen, da sie nun einmal zuerst gekommen sei. Peter beschloß, nicht Gnade vor Recht ergehen zu lassen. Er blieb neben der Frau stehen, die auf seinem Platz saß, und wartete auf den Schaffner. Endlich kam der Schaffner, als der Zug gerade im Bahnhof Drammen einfuhr. Er zeigte seine Fahrkarte vor und deutete auf die Reservierung. Der Schaffner sah sie sich an und bestätigte, daß sie korrekt sei. Aber warum könne er sich nicht auf einen anderen Platz setzen, es seien doch mehrere Plätze frei? Peter hatte den Schaffner erstaunt angeschaut. Hatte er richtig gehört? Ja, er hatte richtig gehört. Er brauchte sich nur auf einen anderen Platz zu setzen. Es waren schließlich reichlich freie Plätze vorhanden. Aber dieser hier ist nun einmal mein Platz. Für diesen habe ich bezahlt. Der Schaffner sah ihn ärgerlich an. Hören Sie, es gibt keinen Grund, deswegen hier einen Aufstand zu machen. Setzen Sie sich dort drüben hin oder bleiben Sie stehen. In einer halben Stunde sind Sie ja am Ziel. Machen Sie, was Sie wollen. Und damit war er gegangen. Die Frau, die Peters Platz eingenommen hatte, warf ihren Kopf zurück. Aber Peter war stehen geblieben. Bis Kongsberg. Ohne zu sitzen. Direkt neben seinem eigenen Platz. Der Schaffner war von neuem durch den langen Wagen gekommen. Peter hatte da gestanden. Der Schaffner war vorbeigegangen, ohne ein Wort zu sagen. Die Frau hatte dem Schaffner zugelächelt, und Peter hatte gesehen, wie der Schaffner zurückgelächelt hatte. Aber er war stehen geblieben.

Ja, er war stehen geblieben. Aufrecht. In seinen ungezwungenen jugendlichen Klamotten, lässig und selbstzufrieden, und mit meinen Gesichtszügen, dachte Bjørn Hansen. Die Schmach. Peter redete auf dem ganzen Weg zum Wohnblock, in dem Bjørn Hansen wohnte, und während sein Vater die zwei schweren Koffer trug, ununterbrochen von dieser Schmach, und auch noch während der Vater die

Haustür aufschloß und sie am Briefkasten vorbeikamen, wo der Vater im Vorbeigehen die Post herausnahm, sie dann zum Fahrstuhl gingen, wo er auf den Fahrstuhlknopf drückte, während der Sohn redete, und der Fahrstuhl kam, und sie in den Fahrstuhl gingen, der sie in seinem Schacht die drei Etagen nach oben brachte, und sie in den Flur traten, bis Bjørn Hansen die Wohnungstür aufschloß und sie in die Diele kamen und der Vater die beiden Koffer dort abstellte.

Bjørn Hansen zeigte Peter die Wohnung. Zunächst das große Wohnzimmer mit dem Balkon, der nach Westen ging, zu dem er die Tür öffnete. Dann die Küche, bevor er kurz die Tür zu seinem eigenen Schlafzimmer aufmachte. Er ließ den Sohn das Badezimmer inspizieren und machte schließlich weit die Tür zu dem Zimmer auf, das er für Peter eingerichtet hatte. Der Sohn hatte zu dem, was er zu sehen bekam, die ganze Zeit über zufrieden genickt, und das galt auch für das letzte Zimmer mit seinem Schlafsofa, dem Bücherregal, dem Schreibtisch samt Stuhl, Kommode und Schrank sowie dem Sessel. Er könne sich gut vorstellen, hier zu wohnen, sagte er. Den ganzen Herbst über. Ja, es wäre nicht schlecht, wenn er nicht durch die Gegend rennen und nach einem Zimmer suchen müßte. Klasse, daß ich das hier habe. Aber.

»Wieviel willst du haben?«

»Haben?«

»Ja, im Monat.«

Der Vater: Nichts.

Der Sohn: Dann schlage ich ein. Das paßt mir gut. Wir leben in einer harten Welt.

Das letzte sagte er in seinem üblich lauten Tonfall, unumwunden und auf die belehrende Art, die seinem Sohn zu eigen war, wie Bjørn Hansen begriffen hatte. Doch in seinem letzten Satz war noch etwas hinzugekommen, eine Geheimnistuerei. Es war keine Belehrung, die anderen etwas vermitteln sollte, es war eine Botschaft an den Vater, über etwas, innerhalb dessen er sich befand und wovon Bjørn Hansen keine Ahnung hatte. Wenn er sagte »Wir leben in einer harten Welt«, durfte Bjørn Hansen auf keinen Fall glauben, daß er ebenfalls »Weißt du, wir leben in einer harten Welt« hätte sagen können, nein, diese beiden Aussagen waren wie Feuer und Wasser, und die Art und Weise, wie der Sohn seinen Code mitteilte, barg auch einen seltsamen Stolz in sich, der ausschließenden Charakter hatte.

Peter wollte sofort seine Sachen auspacken und ging in die Diele, um seine Koffer zu holen. Er legte zuerst den einen, dann den anderen Koffer auf das Schlafsofa und packte aus. Obwohl der Sohn zwei riesige Koffer hatte, stellte Bjørn Hansen, während der Sohn auspackte und seine Sachen sorgfältig wegräumte, mit zunehmender Verwunderung fest, daß er fast nichts mitgebracht hatte. Das heißt, keine persönlichen Dinge. In dem einen Koffer hatte er gewissermaßen nur Bettzeug. Darunter eine riesige, gute Daunendecke, die fast den gesamten Platz einnahm. In dem anderen Koffer waren eigentlich nur Kleider. Der Sohn sortierte die Kleider nach Anwendungsgebieten und räumte sie ordentlich in den Schrank und in die Schubladen der Kommode. Unterwäsche, dünne Socken, dicke Socken, Taschentücher, Krawatten, Fingerhandschuhe, Fäustlinge jeweils in eine Schublade der Kommode. Hemden, bunte wie weiße, in je eine Schublade im linken Teil des Kleiderschranks, T-Shirts in eine dritte und Pullover in eine vierte Schublade in der linken Hälfte des Kleiderschranks, und Hosen und Sportsachen auf Kleiderbügel in die rechte Hälfte des Kleiderschranks. Die Sachen für draußen wollte er zur Garderobe in der Diele bringen, was er sogleich tat, zusammen mit den Schuhen, die er ebenfalls dort plazierte, mit Ausnahme zweier Paar Joggingschuhe, die er zusätzlich zu denen, die er anhatte, besaß und die er in der rechten Hälfte des Kleiderschranks auf den Boden stellte. Einen riesigen Toilettenbeutel hatte er ebenfalls dabei, und den wollte er ins Badezimmer stellen, wo er knapp auf die Konsole paßte, die für diese neue Zeit zu schmal war.

Persönliche Dinge, die der Vater entdecken konnte und die der Sohn mit großer Hingabe behandelte, gab es nur drei, und sie erstaunten Bjørn Hansen sehr. Zunächst zog er ein Souvenir aus seiner Heimatstadt Narvik hervor. Einen billigen Gegenstand mit einem Sockel aus imitiertem Silber und einer Stange, ebenfalls aus Silberimitat, und an dieser Stange hing die Flagge der Stadt Narvik. Peter brauchte ziemlich lange, bis er für diesen Gegenstand den richtigen Platz gefunden hatte, nach einigem Hin und Her beschloß er, ihn im Bücherregal thronen zu lassen. Anschließend holte er ein Bierglas aus dem Koffer, es lag zwischen den

Kleidern (der Sohn hatte die beiden Gegenstände vor seinen Kleidern ausgepackt, aber nachdem er den Koffer mit der Decke und dem übrigen Bettzeug ausgepackt hatte). Das Bierglas hatte eine besondere Form, es war das getreue Abbild eines Stiefels aus Glas. Zwei Liter, informierte ihn der Sohn, und dem Vater wurde klar, daß, da er dieses Bierglas, das, wie er sah, eine Aufschrift trug, die davon kündete, daß es einem Restaurant des Dorfes gehörte, in dem der Sohn seinen Wehrdienst abgeleistet hatte, mit Bus und Zug durch fast ganz Norwegen transportiert hatte, eine persönliche Geschichte mit diesem Glas verbunden sein mußte. Der Sohn verriet jedoch nicht, worum es sich handelte, aber Bjørn Hansen war der Meinung, daß es von zwei Möglichkeiten eine sein mußte. Entweder hatte Peter nach einem lebhaften Abend im lokalen Wirtshaus und zur großen Freude seiner Kameraden beim Militär das Glas mitgehen lassen. Oder Peter hatte allen anderen damit imponiert, daß er dieses Zweiliterglas voller Bier in einem Zug und ohne es abzusetzen geleert hatte, oder er hatte es schneller geschafft als die anderen und es damit als Pokal gewonnen, entweder hatte er den Bierstiefel direkt bekommen, oder seine militärische Kompanie hatte ihn als Pokal konfisziert. Bjørn Hansen wollte ihn nicht direkt fragen, versuchte aber, es ihm zu entlocken, indem er großes Interesse an dem Stiefel heuchelte, was dem Sohn schmeichelte, wie er sah, jedoch mit dem einzigen Ergebnis, daß er noch entschiedener an dem Geheimnis festhielt, weshalb sich dieser Zweiliter-Bierstiefel in Peter Korpi Hansens Besitz befand. Er trug deshalb eine unendlich wichtige Miene zur Schau, als er versuchte, einen geeigneten Platz für den Bierkrug zu finden, der nach noch längerem Hin und Her neben der Flagge der Stadt Narvik auf dem obersten Regalbrett landete.

Ganz zum Schluß, als die beiden Koffer geleert waren, holte Peter einen dritten und letzten persönlichen Gegenstand hervor, der sein Zimmer in seinem neuen Leben als Student der Kongsberger Ingenieurhochschule schmükken sollte. Er zog einen länglichen Gegenstand heraus und entrollte ein Poster. Das Poster hängte er direkt über dem Schlafsofa an die Wand. Nachdem er es aufgehängt hatte, mit Hilfe von Reißzwecken, die Bjørn Hansen eilig aus der Küchenschublade geholt hatte, trat er ein paar Schritte zurück und bewunderte es. Ja, er bewunderte es wirklich. Bjørn Hansen mußte ebenfalls kommen und sich das Werk anschauen.

Es war ein riesiges Poster von einem roten Sportwagen. Italienisches Design. Ferrari. Neben dem Auto, an die Tür gelehnt, mit der Hand selbstsicher und liebevoll über die Karosserie streichend, stand ein Mann mit Sonnenbrille. Das Symbol des Besitzers. Sportlich gekleidet. Das Auto war mit offenem Verdeck fotografiert worden. Der Hintergrund, der etwas verschwommen war, fast wüstenhaft, sandig, unterstrich die elegante Farbe des Sportwagens. Es war ein reines Werbeplakat, das die Eleganz und die Dimensionen des Sportwagens abbildete. Der Mann daneben war in seinem Ausdruck gänzlich ohne Ironie, eine Seltenheit in der modernen Werbung, so wie auch das Bild als Ganzes jeglicher Ironie entbehrte. Es unterstrich den Wert des kostspieligen Autos und folglich die Macht des Mannes, der sich daran anlehnen konnte. Sonst nichts. Der Mangel an Ironie betonte, daß man sich in einer Atmosphäre befand, in der man sich überhaupt nicht zu verstellen brauchte oder mit charmanter Grimasse um Entschuldigung bitten mußte. Die natürliche Schönheit des Reichtums. Es war elegant und banal. Und hinterließ nur eine einzige Frage: Warum hatte sein Sohn dieses Poster mitgebracht und jetzt an seine Wand gehängt?

Der Vater stellte jedoch diesbezüglich keine Fragen. Und Peter gab keine Erklärung, vermutlich, weil er der Meinung war, es spräche für sich. Statt dessen sah er auf die Uhr. Er hatte vor, zur Ingenieurhochschule zu fahren, um sich die Gegebenheiten vor Ort anzuschauen, wie er sagte. Wollte sich ein wenig umsehen und unbedingt das Sekretariat des Fachbereichs für Optometrie aufsuchen, um mitzuteilen, daß er angekommen war und den Studienplatz annahm, für den er sich beworben und den er auch bekommen hatte. Der Vater fragte, ob sie vielleicht heute, hier in der Wohnung, zusammen zu Abend essen sollten, da es sein erster Tag war, aber Peter konnte nicht. Er habe zuviel zu tun, sagte er, und wisse also nicht, wann er zurückkäme. Der Sohn ging, und etwas später ging auch Bjørn Hansen. Ins Büro. Zur gewohnten Zeit kam er dann nach Hause, kochte sich etwas, aß es auf, stellte die schmutzigen Sachen in die Geschirrspülmaschine und setzte sich mit einem Buch in die Ecke. Natürlich befand er sich in einem seltsamen Zustand, unruhig, zerstreut und ohne Anhaltspunkt, wie er das Neue, das ihn anscheinend in seinem Leben ereilt hatte, handhaben sollte.

Der Sohn kam viel früher nach Hause, als Bjørn Hansen erwartet hatte. Es war noch nicht einmal halb acht, als der Sohn die Wohnungstür aufschloß. Der Vater saß in der Wohnung und las in einem Buch. *Der Begriff der Angst* von Søren Kierkegaard, und er wunderte sich erneut über den dänischen Geist der ersten Hälfte des 19. Jahrhunderts, der, indem er biblische Mythen in vollem Ernst behandelte, ja als ob Adam und Eva wirklich gelebt hätten, und das glaubte Søren Kierkegaard auch, daran bestand für Bjørn Hansen überhaupt kein Zweifel, es diesem dänischen Philosophen ermöglichte, uralten dogmatischen Grundbegriffen, die für Bjørn Hansen längst mausetot waren, Leben einzuhauchen. Er spürte eine Nähe und Intensität aus den Buchseiten hochsteigen, die das Bewußtsein eines gottlosen Steuereintreibers in einer norwegischen Provinzstadt gegen Ende des 20. Jahrhunderts packte. Also 150 Jahre historischer Dunkelheit und Undurchdringlichkeit, die von einem Licht durchbohrt wurden, das den Steuereinnehmer in Kongsberg erreichte, das war verwunderlich. Das heißt, vielleicht war es gar nicht so seltsam, denn historisch gesehen befand er sich in einer deklassierten Position, sein Beruf hatte eine Verwandlung erfahren, eine Herabwürdigung vom königlichen Beamten zum Staatsdiener, die bewirkte, daß er den Outsider und Beamtenverspotter Søren Kierkegaard jetzt als heimlichen Mitspieler erleben konnte, obwohl er natürlich im Alltag nicht spürte, welche Herabwürdigung sein Brotberuf im Verlauf des historischen Prozesses erfahren hatte, sie verlieh ihm vielmehr eine Empfänglichkeit für die Musikalität von Søren Kierkegaards Bohren in den dogmatischen und von ihm todernst gemeinten Begriffen. Die Ausgabe, die ihm vorlag, war von 1962, er hatte das Buch also als junger Student zum ersten Mal gelesen, und es war voller Unterstreichungen, über die er bisweilen lächeln, sich bisweilen aber auch wundern mußte, meine Güte, hatte er das wirklich für so wichtig gehalten, daß er es unterstreichen mußte, als er 21 war, also ebensoalt wie Peter jetzt, und mit dem gleichen nackten Gesicht durch die Gegend lief, obwohl er dieses Buch in der Freizeit gelesen hatte, con amore also und nicht als Teil seiner Ausbildung, welche ja die Volkswirtschaftslehre war und bei der man sich mit völlig anderen Begriffen und Methoden befaßte. Das Türschloß klickte, und Peter kam kurz vor den Nachrichten nach Hause. Bjørn Hansen stand auf und stellte den Fernseher an. Der Sohn kam ins Wohnzimmer, und sie sahen sich gemeinsam die Nachrichten an. Es schien, als bildeten sie eine Art Familie, wie sie da saßen, um den Fernseher und die täglichen Nachrichten versammelt, wie Tausende und Abertausende Familien in ganz Norwegen. Bjørn Hansen und sein erwachsener Sohn, den er kaum kannte, der jetzt aber dort saß, in seiner modischen Kleidung, auf dem Sprung ins Leben, beim ersten Schritt auf dem Weg, der ihn an einen Beruf binden sollte, mit und von dem er sein ganzes Leben lang leben sollte, der Sohn also, der die ersten

Schritte tat auf dem Weg, der ihn zu einem Mann machen sollte, zu einem Familienvater vermutlich, wenn es soweit wäre, der täglich acht Stunden über Instrumente gebeugt dasitzen würde, die ein geschwächtes Auge so ausrichten sollten, daß es wie ein normales Auge funktionierte, ein Mann, ein Familienvater vermutlich, in weißem Kittel über optische Instrumente gebeugt, der Gläser schliff, die genauestens an die Vorstellung vom idealen Auge angepaßt waren. Merkwürdig, mit einem fremden jungen Mann, den er kaum kannte, der aber, wie er wußte, sein eigener Sohn war, in einer solchen Familienidylle zu sitzen.

Peter war jedoch von der Feierlichkeit, zusammen mit seinem Vater dieses traditionelle, tägliche Familienritual zu begehen, wenig beeindruckt. Er war mit einer Tüte voller Bücher, Papier, Notizblöcke und Aktenordner in die Wohnung zurückgekehrt und sogleich in sein Zimmer gegangen. War dann zurückgekommen, hatte sich aufs Sofa gesetzt und ein wenig die Nachrichten geschaut, war wieder in sein Zimmer gegangen, wieder herausgekommen, hatte sich wieder aufs Sofa gesetzt und die Nachrichten zu Ende angesehen. Er wirkte angespannt, aber auch ein wenig ratlos.

Als die Nachrichten zu Ende waren, fragte der Vater, ob er den Fernseher ausmachen könne. Peter nickte, für ihn war es in Ordnung. Sie saßen eine Weile schweigend, bevor der Sohn plötzlich sagte: »Algot ist nicht gekommen.« Bjørn Hansen fragte, wer Algot sei, und bekam zur Antwort, Algot sei Peters Freund und zugleich sein guter Geist. Das letzte sagte er in derart treuherzigem Ton, daß der Vater stutzte, denn er hatte noch nie gehört, daß jemand einen Freund als seinen guten Geist bezeichnete. Obwohl er sich vorgenommen hatte, dem Sohn gegenüber nicht aufdringlich wirken zu wollen, indem er unablässig bohrte und fragte, konnte er der Versuchung, zu bohren und zu fragen, um soviel wie möglich über Algot und sein Verhältnis zu Peter zu erfahren, nicht widerstehen.

Peter hatte Algot beim Militär kennengelernt. Sie waren im gleichen Zug gewesen und hatten während des gesamten Wehrdienstes im gleichen Zimmer gewohnt. Sie hatten sich angefreundet. Und Algot war es gewesen, der Peter dazu gebracht hatte, sich für den Optikerstudiengang an der Kongsberger Ingenieurhochschule zu bewerben. Zuvor hatte Peter daran nicht im Traum gedacht, er wußte kaum, was Optometrie überhaupt war. Er hatte nicht gewußt, was er werden wollte, hatte jedoch an eine Reihe Fächer gedacht. Informatik, hatte er überlegt, auch Medienwissenschaft, um nur ein paar zu nennen. Ja, er hatte einen Fernkurs in Informatik begonnen, beim Militär gab es viele gute Angebote an Fernlehrgängen, und er hatte sich für Informatik angemeldet, wie so viele andere auch. Aber Algot hatte gesagt: Informatik, es wird eine Flut an Leuten geben, die auf Informatik setzen, ich denke, daß wir in ein paar Jahren erleben werden, wie unzufriedene Informatiker, Computeringenieure und Computertechniker vor den Schranken der Umschulungssachbearbeiter unserer Arbeitsämter Schlange stehen. Nein, vergiß es. Algot selbst wollte Optiker werden. Letzteres war nicht sonderlich überraschend, denn Algot hieß Algot Blom, und Algot Blom war der Name einer Optikerfirma in Oslo, die mehrere Filialen über die Hauptstadt verteilt hatte und plante, sich auch in anderen norwegischen Städten zu etablieren. Selbstverständlich sollte Algot Blom Optiker werden, er war schließlich Erbe eines ganzen Optikerimperiums. Aber er brachte auch Peter dazu, das gleiche studieren zu wollen. Die Art und Weise, wie er über das Fach sprach, weckte Peters Interesse. Denn es hatte die Zukunft vor sich. Es war nicht nur ein Fach für diejenigen, die einen Vater hatten, der in ihrer Heimatstadt ein Optikergeschäft leitete, weit gefehlt, in den kommenden Jahren wäre der Bedarf an Leuten, die dies zum Ingenieurberuf hatten, enorm. Diesen Ausdruck hatte Algot benutzt. Die Optometrie als Spezialgebiet innerhalb der Ingenieurskunst. Ja, Algot hatte Peter dazu gebracht, ein paar Fernkurse zu belegen, die als Vorübung zum Optikerstudiengang angesehen werden konnten. Über Optometrie ganz allgemein. Das war zu Beginn des Wehrdienstes gewesen, und Algot hatte den gleichen Kurs gemacht, so daß sie zusammen studiert hatten, nur sie beide, und da Algot schon vieles wußte, war es wie geschmiert gelaufen. Und als sich Algot im Frühjahr für einen Optikerstudienplatz an der Kongsberger Ingenieurhochschule für den Herbst beworben hatte, hatte Peter es ihm gleichgetan. Ein Studium, an das er noch vor wenigen Monaten nicht einmal gedacht hatte, schien ihm jetzt völlig natürlich, und er bewarb sich um einen Studienplatz, um es zu seinem Lebensweg zu machen, fürs ganze Leben. Man konnte gut und gerne vom Spiel des Zufalls reden, aber es war eine clevere Entscheidung. Das würde sich sicher bald zeigen, denn derjenige, der eine Ausbildung auf einem kleinen Gebiet mit großem künftigen Potential anstrebt, auch wenn es noch nicht wirklich »in« ist, tut gut daran und macht es besser als derjenige, der auf die Fächer aufspringt, über die alle reden, denn es war schon immer so, daß die ersten, die das Potential in einem Studium erkennen und sich trauen, darauf zu setzen, die Früchte davon einfahren werden, wenn es einmal »in« sein sollte, und daß die Optometrie »in« sein würde, daran zweifelte Peter nicht im geringsten. Ohne daß er es direkt ansprach, wurde dem Vater klar, daß er auch seine Freundschaft mit Algot Blom im Auge hatte, als er sich für sein Studium entschied. Er hatte sich nicht nur für ein Studium entschieden, bevor dieses über die Maßen populär sein würde, er würde als ausgebildeter Optiker und mit einem Strom neuer Optiker hinter sich durchaus von seiner Freundschaft mit Algot profitieren. Denn es gab mehr Algot Blom-Läden, als Algot selbst leiten konnte. Deshalb schien ihm der Gedanke nicht fremd, daß er in wenigen Jahren einen größeren Optikerladen in Oslo leiten oder ausgeschickt würde, um in Algot Bloms Namen einen Optikerladen zum Beispiel in Kristiansand oder Stavanger zu übernehmen. Daß er Algot Blom dann als Chef haben würde, störte ihn überhaupt nicht, denn er war ja sein Freund. Sie waren während ihrer gemeinsamen Zeit beim Militär durch dick und dünn gegangen. Innerhalb des Lagers wie auch draußen in der Stadt, wenn sie Ausgang hatten. Was die beiden zusammen in der Stadt erlebt hatten, könnte einen ganzen Roman füllen, lachte der Sohn. Vor allem die ganzen Geschichten, wie sie sich ungesehen Eingang verschafft hatten, wenn sie den Zeitpunkt der vorgeschriebenen Rückkehr überschritten hatten, darüber könnten sich die Leute totlachen, wenn sie von einem wirklichen Schriftsteller aufgeschrieben würden. Es war fast traurig gewesen, als sie entlassen wurden. Aber sie sollten ja im Herbst zusammen studieren. Er hatte im Sommer von Algot gehört. In dem Zusammenhang hatten sie abgesprochen, daß sie sich heute in Kongsberg treffen wollten. Sie hatten keinen bestimmten Ort oder Zeitpunkt abgemacht, die Stadt war ja nicht sehr groß, sie würden sich also zwangsläufig über den Weg laufen, hatte Algot gesagt. Doch er hatte ihn nicht gefunden. Nicht in der Ingenieurhochschule. Nicht auf der Straße. In keiner der vielen Kneipen, in die er gegangen war. Die Stadt war voller Studenten, fand er, tausend bestimmt, die heute die Straßen und Kneipen überschwemmten. Von Algot keine Spur. Er hatte den ganzen Tag nach ihm gesucht. Ja, sogar im Hauptbahnhof von Oslo heute morgen, für den Fall, daß Algot ebenfalls den Zug nehmen würde, was er nicht glaubte, Algot hatte bestimmt ein eigenes Auto. Es war ein wenig seltsam. Der Unterricht würde schließlich morgen beginnen. »Er kommt wahrscheinlich auf den letzten Drücker«, sagte der Vater. »Das machen viele Leute so.«

»Aber wir waren doch verabredet«, sagte Peter ein wenig ungehalten.

»Vielleicht hat er seine Entscheidung geändert«, sagte der Vater. »Vielleicht hat er sich gedacht, daß ihm ein Praxisjahr in einem Laden seiner Familie guttun würde. Hast du daran schon gedacht?«

»Aber er steht auf der Liste«, sagte Peter starrköpfig. »Ich habe gefragt, ob er draufsteht, und sie haben seinen Namen gesucht und gesagt, er stünde drauf. Dann kommt er auch.«

Bjørn Hansen hatte jetzt einen Sohn im Haus. Der Sohn war gekommen und hatte sich bei ihm einquartiert. Er hatte seine Sachen ausgepackt. War losgezogen und hatte sich die Hochschule angeschaut, die seine Eintrittskarte in die notwendigen Pflichten des Erwachsenendaseins darstellen sollte und der Grundpfeiler dessen ist, um das herum aufgebaut wird, was wir das Leben nennen. Auf der Schwelle zum Leben. Der erste Tag. Und dann kam sein guter Geist Algot nicht. Obwohl sie eine Verabredung hatten. Wenn ein Zwanzigjähriger seinem Vater erzählt, wir leben in einer harten Welt, was bedeutet das dann? Während er zugleich Reklameplakate von einem roten Sportwagen bewundert, als wären sie Kunst? Es war Abend in Kongsberg. Abend im Wohnzimmer des Kämmerers. Ein Augustabend. Mild und dunkel. Die Tür zum Balkon stand einen Spaltbreit offen, so daß die kühle Brise ein wenig ins Wohnzimmer drang. Peter hat also beschlossen, Optometrie zu studieren, weil er einen Freund hat, der das Fach studieren will, dachte der Vater. Sonst hätte er es nie getan. Nun ist das Leben ja voller Zufälle, und unsere Entscheidungen, nicht zuletzt die des Studiums, können auf den seltsamsten Dingen beruhen. Aber der Freund hat für ihn entschieden. Das ist es. Das muß nicht unbedingt etwas heißen, aber ich mache mir Sorgen um ihn, dachte Bjørn Hansen. Insbesondere, weil, doch hier unterbrach er seinen Gedankengang, denn ihm war gerade die viel zu laute Stimme seines Sohns eingefallen, die ihn die ganze Zeit schon irritiert und gestört hatte, und das fand er zutiefst ungerecht und erschreckend zugleich.

Der Sohn war auf den Balkon gegangen. Stand draußen und sog die Luft ein. Bjørn Hansen ging ihm nach und stellte sich neben Peter. Milder Augustabend, dunkel. Dunkler Himmel. Dunkle Luft. Dunkelheit von den steilen Bergkämmen, die Kongsberg umgaben. Zwischen den Bergkämmen lag die Stadt und leuchtete mit ihren verstreuten und schwachen Lichtern. Hier unten, hier draußen. Schwache Lichter von den Schaufensterscheiben und Straßenlaternen. Die Tankstelle links unter ihnen, mit der enormen leblosen Asphaltfläche, leuchtete schwach, ebenso ein einsames Fenster im vierten Stock im *Gyldenløve Hotell*. Der Bahnsteig des Bahnhofs ohne Züge gab ein schwaches Licht von sich, auch über einem einsamen Taxi, das am Taxistand vor dem Bahnhof stand, ruhte das schwache Licht einer Straßenlaterne. Von der Stadt selbst, direkt vor und unter ihnen, war fast kein Laut zu hören. Jedoch ein gleichmäßiges Rauschen. Es kam von weit her, von den Rändern ihres Blickfelds, das sie vom Balkon herunter hatten. Es waren die Autos auf der Fernstraße nach Oslo im Blickfeld links. Und es waren die Autos auf dem Weg nach Geilo und Bergen im Blickfeld rechts. Diese beiden Fernstraßen verliefen kreisförmig um Kongsberg, zusammen mit einer dritten Fernstraße, der Straße nach Notodden und über Haukelifjell nach Westnorwegen, doch diese befand sich nicht in Sicht- oder Hörweite der beiden, die auf dem Balkon standen. Die beiden Fernstraßen jedoch, die sich in Sichtweite befanden, wenn auch nur ein kurzes Stück davon, waren stark erleuchtet, viel stärker als die Stadt, deren schwache und verstreute Lichter von den starken Scheinwerfern auf der Fahrbahn, auf denen die Autos mit ihren kleinen, beweglichen gelben Lichtern und mit regelmäßigem Rauschen fuhren, noch unterstrichen wurde. Von der Stadt direkt gegenüber und unter ihnen, in deren Zentrum sie sich eigentlich befanden, war kaum ein Laut zu hören. Hin und wieder eine Autotür, die zugeschlagen wurde, gefolgt von einem Motor, der angelassen wurde und im Leerlauf lief. Plötzliches Lachen, das unterbrochen wurde. Ein Auto, das langsam durch die Straße fuhr, zwei Häuserblocks von ihnen entfernt, und ein Lichtstreifen direkt vor ihnen näherte sich der Ecke, die sie von ihrem Balkon herunter einsehen konnten. Dann Schritte auf dem Asphalt direkt unter ihnen. Und der Lågen, der kleine Zipfel davon, der sich rechts von ihnen befand, kurz bevor die stark erleuchtete Fernstraße nach Geilo und Bergen ganz still wurde, nur ein dunkles Loch in der Aussicht vom Balkon. »Sieh nur«, sagte Peter und zeigte auf etwas. Er zeigte auf ein Neonschild auf der anderen Seite des Bahnhofs, es war ein Schild, das darauf verwies, daß dort der Supermarkt CITY lag. Es war jedoch nicht die Tatsache, daß dort ein Supermarkt lag, die Peter beschäftigte, sondern der Schriftzug. Der rote neonleuchtende Schriftzug. CITY. »Wir sind in der CITY«, sagte er begeistert, aber noch mit Resten eines belehrenden Tonfalls in der Stimme. Mitten in der CITY. »Sieh nur«, sagte er und zeigte auf einen anderen leuchtenden Schriftzug, auch dieser in rotem Neon. Er befand sich an der Spitze eines langen Masts, fast auf gleicher Höhe mit dem Balkon, auf dem sie standen. TOYOTA leuchtete es. »Phantastisch«, sagte Peter. »Das ist stark. Ich habe das Gefühl, daß es mir hier gefallen wird, es brennt in meinen Adern«, erklärte er. »Und morgen kommt Algot.«

Er riß sich abrupt von seinem Blick auf Kongsberg by night los und ging wieder ins Wohnzimmer. Der Vater ging davon aus, daß der Sohn nun dazu inspiriert worden wäre, sich in die Welt der Diskotheken zu stürzen, die auch in Kongsberg ein Leben in Kellern fristeten, wo lautstarke Musik und hyperaktives Blinklicht eine junge Feierlichkeit erzeugten, die jedoch, da sich die Diskotheken hinter streng bewachten Türen in Kellern entfalteten, unter anderem tief unter der Erde des *Grand Hotell*, zu den beiden, die auf dem Balkon im dritten Stock dieses modernen Wohnblocks mitten im Zentrum Kongsbergs gestanden hatten, keine Geräusche hatten durchdringen lassen, aber es gab sie, und Bjørn Hansen glaubte, sie würden Peter jetzt locken. Aber nein. Der Sohn wollte sich schlafen legen. Er wollte morgen zeitig aufstehen. Er brauchte eine Nacht mit gesundem Schlaf. Die Stadt und ihre lauten Rhythmen mußten warten. Bis Algot und er sie erobern wollten. Der Sohn ging ins Badezimmer, um seine Abendtoilette zu verrichten. Genau das dachte der Vater. »Seine Abendtoilette verrichten«, denn ihm war der riesige Toilettenbeutel aufgefallen, den Peter mitgebracht hatte. Was zum Teufel hatte er darin? Und er beschloß, daß er, egal wie neugierig er hinsichtlich des Tun und Lassens seines Sohns sein sollte, niemals, niemals einen Blick hineinwerfen würde, denn er bildete sich ein, daß dieser Geheimnisse barg, in die er kaum eingeweiht werden sollte. Der Sohn hielt ihn jedoch keineswegs versteckt. Er hätte ihn mit in sein Zimmer nehmen können, aber er hatte ihn auf die Glaskonsole im Bad gestellt. Dort stand er immer noch, als Peter endlich aus dem Bad kam. In einen Morgenmantel gehüllt. In den Morgenmantel gehüllt, trottete er in sein Zimmer und schloß die Tür hinter sich, nachdem er ein kurzes Gute Nacht von sich gegeben hatte. Ein feiner Pinkel, dachte Bjørn Hansen, mein Sohn ist ein junger und modischer Pinkel. So so. Jetzt ist er zumindest hier. Als Gast in meinem Leben, dachte er.

Aber Algot kam nicht. Bjørn Hansen sah, wie sein junger Sohn an seinem ersten Unterrichtstag loszog, angespannt, ein wenig nervös, mit neuen Büchern in der Tasche, Kugelschreibern, Notizblöcken, Ringbüchern. Auf der Schwelle des Lebens, bereit, Wissen in sich aufzusaugen. In einem neuen T-Shirt, auf dem *BIK BOK* stand. Doch als er am Abend nach Hause kam, war er bedrückt, auch wenn er es zu verbergen suchte. Das konnte Bjørn Hansen sehen. Der Sohn schloß die Wohnungstür auf und steuerte eiligst auf sein Zimmer zu, bevor er pflichtschuldig stehenblieb, um ein paar Worte mit seinem Vater zu wechseln, da der Vater schließlich wußte, daß es sein erster Tag als Student gewesen war. »Wir sind 40 Studenten«, sagte er. »Im Jahrgang. Sorgfältig ausgesiebt«, fügte er hinzu. Aus ganz Skandinavien, sogar eine Studentin aus Island ist dabei. Einer der Lehrer ist Professor in England. Er wohnt nicht hier, sondern kommt einmal pro Woche mit dem Flugzeug herüber, um uns zu unterrichten. Vom lichttechnischen Labor der Technischen Hochschule in Trondheim kommt ein Experte, sobald wir Bedarf dafür haben. Ich muß sagen, das Ganze ist professionell organisiert. Er redete munter drauflos, über den Kopf des Vaters hinweg, das Gesicht halb abgewandt. Dann sagte er, er müsse lernen, und strebte in sein Zimmer. Dort verbrachte er mehrere Stunden. Spätabends kam er im Morgenmantel heraus und ging ins Badezimmer. Blieb lange dort. Kam heraus und ging in sein Zimmer. »Algot ist nicht gekommen«, sagte er, als er die Tür aufmachte. »Aber er wird wohl morgen auftauchen«, fügte er hinzu.

Doch das tat er nicht. Peter kam am späten Nachmittag zurück, sein Vater saß gerade beim Essen und fragte, ob Peter mitessen wolle, doch dieser schüttelte den Kopf. Er war nicht hungrig. Dafür war er wütend. »Algot kommt nicht«, sagte er. »Und denen in der Hochschule ist das total egal. Sie lassen seinen Platz einfach unbesetzt. Sie haben nämlich nichts von ihm gehört.«

»Aber dann kommt er bestimmt«, sagte Bjørn Hansen, »er kommt nur ein paar Tage zu spät.«

»Nein«, sagte Peter, »denn Algot ist in London, das habe ich mittlerweile in Erfahrung gebracht.«

Das letzte sagte er mit einem hämischen Gesichtsausdruck, der dem Sohn nicht gut anstand, wie Bjørn Hansen fand. Denn Peter hatte die Sache in die Hand genommen. Was die Schule nicht vermocht hatte, hatte der junge Korpi Hansen in die Hand genommen und geklärt. Als Peter zur ersten Stunde ins Klassenzimmer gekommen war, hatte er über die Klasse geschaut. Darauf gewartet, Algot zu erblicken, der ihm zuzwinkern oder sich anderweitig zu erkennen geben würde: Jetzt, jetzt bin ich hier, zum zweiten Unterrichtstag, ist doch nicht übel, oder? Aber Algot war nicht da. Peter sah über die Klasse hinweg und zählte im stillen die Anwesenden, sich selbst inbegriffen. 39. 40 sollten es sein. Dann setzte er sich hin und folgte der ersten Stunde, Physiologie, aber es fiel ihm schwer, sich zu konzentrieren. Sobald die Pause kam, war er aufgesprungen und ins Sekretariat gerannt. Dort kannten sie ihn noch vom Vortag. Erneut fragte er, ob es sich so verhielte, daß sie nichts von Algot Blom gehört hatten? Ein wenig genervt antworteten sie, dem sei so. »Er ist aber nicht gekommen!« brach es aus Peter heraus. »Ist er nicht, tja, aber wir haben keine Nachricht erhalten.«

»Sind Sie ganz sicher?« fragte Peter. »Können Sie nicht noch einmal nachschauen?« Doch das wollte die Sekretärin nicht. Da wurde Peter wütend, beherrschte sich aber zum Glück. Er machte auf dem Absatz kehrt und stob davon. Nicht zur nächsten Stunde, die im übrigen längst angefangen hatte, sondern zum Postamt. Dort schlug er im Osloer Telefonbuch unter B nach und durchsuchte die Seiten (mit wütenden, erregten Fingern, dachte der Vater), bis er Algot Bloms Privatadresse fand, die bei seinen Eltern sein mußte, wie Peter annahm. Er ging in eine Telefonzelle und wählte die Nummer. Es nahm niemand ab. Anschließend hatte er die Nummer der Hauptfiliale der Firma Algot Blom herausgesucht. War wieder in die Telefonzelle gegangen und hatte die Nummer gewählt. Er hatte darum gebeten, mit dem Ladenchef sprechen zu dürfen. Dieser war jedoch gerade beschäftigt, und die Stimme im Hörer, ein Mann, fragte, worum es ginge. »Es geht um Algot Blom jr.«, sagte Peter, »ich bin ein guter Freund von ihm. Wissen Sie, wie ich ihn erreichen kann, ich meine, wissen Sie, wo er sich zur Zeit aufhält?«

»Der Junior«, sagte die Stimme, »der Junior ist vorgestern nach London gefahren.«

»Und wann kommt er wieder?«

»Zu Weihnachten«, antwortete die Stimme. »Soweit ich weiß. Wenn sie dort Weihnachtsferien haben.«

»Aha«, sagte Peter. »Er hat letztendlich also beschlossen, in London Optometrie zu studieren.«

»Genau«, sagte die Stimme, »nur das Beste ist gut genug, wissen Sie.« Peter legte auf.

Anschließend bereute er es, daß er so schnell aufgelegt hatte. Er hätte nach Algots Adresse oder Telefonnummer fragen können. Aber er war so fassungslos gewesen. Nachdem er sich nun einmal als guter Freund von Algot ausgegeben hatte, konnte er nicht so tun, als ahnte er nicht, daß dieser nach London gegangen war, um Optometrie zu studieren. Davon hatte er Peter nichts erzählt. Wir sehen uns im Herbst in Kongsberg, hatte er gesagt. Aber dann war er statt dessen zum Optometriestudium an die renommiertere *City University of London* gegangen. Peter war sogleich wieder ins Sekretariat geeilt. Er hatte nicht erzählt, daß Algot in London war, sondern lediglich seine Anfrage wiederholt, ob sie nicht nachschauen könnten, ob Algot Blom jr. eine Nachricht hinterlassen hatte, die erklären konnte, warum er nicht aufgetaucht sei, wo der Studiengang Optometrie längst mit dem Unterricht begonnen hatte. Doch das wollte die Sekretärin nicht. Sie nicht und auch ihr Vorgesetzter nicht, ein Mann, der auftauchte, als Peter im Sekretariat stand und seine Frage wiederholte. Ja, er beharrte darauf, daß sie nachschauen sollten. Es könnte ja sein, daß sie es übersehen hatten. Vielleicht hatte er geschrieben und den Studienplatz abgesagt. Und dann wäre ja ein Platz frei. Ob sie das nicht begriffen? Daß, wenn Algot Blom geschrieben und auf seinen Platz verzichtet habe, ein anderer jetzt seinen Platz einnehmen könne, und was glaubten sie, was es für denjenigen, der jetzt ohne Studienplatz dastand, bedeuten würde, plötzlich Nachricht zu erhalten, er könne sofort kommen, wenn er wollte, wir haben einen freien Platz im Optometriestudiengang in Kongsberg. Auf diese Weise hatte Peter insistiert. Es half nichts. Sie wollten nicht noch einmal nachschauen. Am Ende mußte Peter aufgeben. Er war trotz allem ein frischer Student und wollte sich nicht gleich als schwierig ausweisen. Doch soviel Nachlässigkeit ging auf keine Kuhhaut.

Peter erzählte die Geschichte auf umständliche und höchst pedantische Art, wobei keine einzige Bewegung, die er in dieser Untersuchung unternommen hatte, ausgespart blieb. Er war wütend. Auf die Schulleitung. Nicht auf Algot, der einfach weggeblieben war. Verschwunden und einen leeren Platz zurückgelassen hatte, der der Schulleitung total egal war und den sie nicht besetzte. Bjørn Hansen fühlte sich nicht wohl. Er mochte die Geschichte nicht, die Peter erzählte, er mochte die Art nicht, in der sie erzählt wurde, und er mochte nicht, was diese über seinen eigenen Sohn und dessen Zukunftsaussichten besagte. Vor allem letzteres machte ihm Sorgen. Wie sollte es mit seinem Sohn jetzt weitergehen? Der tatsächliche Grund für seinen Aufenthalt in Kongsberg, für das Studium der Optometrie, war jetzt weg. Er befand sich in Kongsberg unter falschen Voraussetzungen.

Doch der Sohn begann mit dem Studium, als wäre nichts Entscheidendes vorgefallen. Von jetzt an erwähnte er Algot mit keinem Wort mehr. Algot war ein leerer Platz in seinem Bewußtsein, und der Sohn schaute nach vorn. Es vergingen nicht viele Tage, bis Bjørn Hansen in seinem Sohn einen jungen Mann sah, der sich an das Leben klammerte. »Er klammert sich an das Leben.« Ihm hatte sein eigener Sohn in der Erzählung des Sohns nicht gefallen. Auch wenn er versuchte, seinen Sohn mit aller erdenklichen Sympathie zu betrachten, gelang es ihm nicht. Ständig tauchten merkwürdige Formulierungen in seinem Kopf auf, die sich festsetzten. Wie: »Peter ißt von meinem Essen, es sei ihm gegönnt.«

Warum dachte er das? Von seinem eigenen Sohn? »Peter ißt von meinem Essen, es sei ihm gegönnt«? Ausgangspunkt für diesen Gedanken war folgendes: Bjørn Hansen und sein Sohn Peter wohnten zusammen in einer Vierzimmerwohnung im Zentrum Kongsbergs. Und zwar weil Peter an der Kongsberger Ingenieurhochschule studierte und bei seinem Vater wohnte, anstatt sich ein eigenes Zimmer zu suchen. Bjørn Hansen lebte sein regelmäßiges Leben wie zuvor. Peter lebte sein Leben. Sie sahen sich nur am Morgen, kurz, und am Abend, wenn Peter nach Hause kam. Wenn Peter zu Hause war, hielt er sich zumeist in seinem Zimmer auf. Kam er ins Wohnzimmer, dann um fernzusehen, wobei er jedesmal fragte, ob es in Ordnung sei, daß er den Fernseher anmachte. Frühstücken taten sie hingegen zusammen oder zumindest zum gleichen Zeitpunkt. Stand Peter zuerst auf, ging er, nachdem er im Bad gewesen war, in die Küche, machte sich sein Frühstück am Brotschneidebrett und setzte Kaffee auf, der fertig war, wenn der Vater zum Frühstücken in die Küche kam. Manchmal aßen sie dann am selben Tisch, aber ebensohäufig kam es vor, daß der Sohn seine Brote mitsamt einer Tasse Kaffee mit in sein Zimmer nahm, um sich in aller Ruhe auf den Unterricht des Tages vorzubereiten, wie er sagte. Stand der Vater zuerst auf, kochte er Kaffee und saß kauend am Frühstückstisch, wenn der Sohn in die Küche kam, um sich sein

Frühstück zu machen, bevor er sich entweder an den Tisch setzte oder wieder in seinem Zimmer verschwand. Aber das Essen teilten sie sich, denn Bjørn Hansen hatte gesagt, es sei unpraktisch, wenn jeder sein eigenes Brot, seine eigene Milch etc. etc. kaufen würde, ja, wenn sie vielleicht sogar mit zwei verschiedenen Kaffeekannen operieren würden, wo sie doch ohnehin in der gleichen Wohnung wohnten und den gleichen Kühlschrank und Herd benutzten, wozu Peter nichts gesagt hatte. Das Abendessen nahmen sie jeder für sich ein, da es für Peter unpraktisch wäre, sich zu festen Mahlzeiten einzufinden. Außerdem wollte er natürlich soviel wie möglich mit seinen Kommilitonen zusammensein, vor allem zusammen mit ihnen essen, auf diese Weise lernte man sich schließlich besser kennen. Deshalb aß er viel außer Haus, in der Mensa der Hochschule. Aber es kam auch vor, daß er abends nach Hause kam, ohne daß er Zeit gefunden hatte zu essen, wie er sagte, und dann schmierte er sich Brote in der Küche, was immer häufiger geschah. Deshalb begann Bjørn Hansen, von seinem eigenen Abendessen eine doppelte Portion zu kochen, damit der Sohn die Reste des väterlichen Abendessens verspeisen konnte, wenn er nach Hause kam. Im Laufe der Zeit wurde dies für Peter zur Gewohnheit, er holte sich lediglich ein Brötchen oder ein Kaffeestückchen oder einfach nur eine Tasse Kaffee, wenn er mit den anderen Studenten zum Essen in die Kantine ging. Aber sonntags mußte sich Peter allein versorgen. Denn dann aß Bjørn Hansen entweder bei Berit und Herman Busk oder im *Grand Hotell*, und dann machte sich Peter in der Regel ein Kotelett, das konnte er riechen, wenn er nach Hause kam.

So verhielt es sich also mit dem Essen. Daran war nichts Besonderes oder Aufsehenerregendes, wenn ein Vater einen Sohn hatte, der studierte und bei ihm wohnte. Es war nur natürlich, daß es so war, natürlich, daß Bjørn Hansen Aufschnitt, Milch etc. kaufte und daß er, wenn er sich abends etwas kochte, eine doppelte Portion machte, für den Fall, daß der Sohn noch nichts gegessen hatte, wenn er nach einem langen Tag mit Vorlesungen und Lernen nach Hause kam. Ebenso natürlich, wie wenn der Vater in der Küche frühstückte, während der Sohn in seinem Zimmer aß, um sich in aller Ruhe auf das Programm des Tages vorzubereiten, und wenn der Vater das Abendessen zu sich nahm, nachdem er seinen Arbeitstag hinter sich hatte, und der Sohn nach seinem. Das alles war lediglich Ausdruck für ein gutes und natürliches Verhältnis zwischen Vater und Sohn. Das Gegenteil wäre unnatürlich gewesen. Daß sich der Sohn zum Vater an den Tisch setzte, obwohl er sich eigentlich noch seine Vorlesungsmitschriften vom Vortag anschauen müßte, die er heute brauchte, oder daß der Sohn jeden Tag um 17 Uhr zum Essen käme. Dann könnte man sich fragen, was für ein Sohn das war. Oder was für ein Vater, wenn dieser vorgeschlagen hätte, daß sie sich die Haushaltskosten teilen sollten, eingerechnet das aufgewärmte Abendessen. Dennoch dauerte es nicht lange, bis der Vater dachte: »Peter ißt von meinem Essen, es sei ihm gegönnt.«

Lag es daran, daß er insgeheim gekränkt war, weil Peter nicht vorschlug, sich die Haushaltskosten mit ihm zu teilen? Nein, denn dann wäre Bjørn Hansen gekränkt gewesen. Lag es daran, daß Peter das alles als Selbstverständlichkeit hinnahm, Gratis-Zimmer, Gratis-Essen und freie Benutzung sämtlicher Gemeinschaftsräume der Wohnung? Nein, denn für Peter war es keine Selbstverständlichkeit. Ganz im Gegenteil, etwas an der Art, wie er Bjørn Hansen gegenüber in solchen Situationen auftrat, wirkte zweideutig, lauernd.

Sonntags aß Bjørn Hansen also im *Grand Hotell*, wenn er nicht bei den Busks zu Besuch war. Wenn er nach Hause kam, roch er, daß sich der Sohn ein Kotelett gemacht hatte oder Würstchen, und er dachte: »Ich hätte ihn ja ins *Grand* einladen können.« Ursprünglich hatte er vorgehabt, ihn auf seine Sonntagsspaziergänge mit Herman Busk mitzunehmen, und dann hätten sie anschließend ins *Grand* oder zu Herman Busk nach Hause gehen können. Doch Herman Busk hatte ihn bereits eingeladen. Herman hatte seinen Sohn einmal gesehen. Bei Bjørn Hansen zu Hause. Damals hatte er gesagt, daß Peter mit seinem Vater zum sonntäglichen Essen herzlich willkommen wäre. Aber Peter hatte geantwortet, das würde nicht zu seinen Plänen passen. Die Sonntage könne er für dergleichen leider nicht hergeben. Eine akzeptable Antwort im Grunde, ein junger Mann, den es nach dem Leben verlangt, kann sich bestimmt andere Arten vorstellen, seine Sonntage zu verbringen, als mit seinem mittelalten Vater und dessen mittelaltem Freund und seiner Frau zusammen zu essen. Aber es war etwas an Peters

Ton gewesen, das Bjørn Hansen nicht gemocht hatte. Er war zu prahlerisch. Und ohne jegliches Verständnis dafür, daß es der Freund seines Vaters war, der ihn einlud, um zu zeigen, daß die Gastfreundschaft, die er Bjørn Hansen so gerne zuteil werden ließ, jetzt auch auf dessen Sohn übertragen werden sollte. Deshalb erlebte Bjørn Hansen Peters prahlerische Erklärung, er habe sonntags anderes zu tun, als Ablehnung nicht so sehr von Herman Busk, sondern von sich selbst, und das im Beisein von Herman Busk, seinem Freund, der auf diese Weise dabeistehen und sich anhören mußte, wie sich der Sohn weigerte, Aufgaben eines Sohns zu übernehmen, nachdem er sich in Bjørn Hansens Wohnung ein Zimmer genommen hatte.

Es war ihm so unnötig vorgekommen. Warum konnte er seinem Vater diese Freude nicht gönnen? Seinen eigenen Sohn zum sonntäglichen Essen zu Berit und Herman Busk mitzubringen, und sei es nur ein einziges Mal. Oder er hätte sich prinzipiell interessiert zeigen können, sich höflich bedanken und sagen, er würde gerne kommen. Er hätte ja nicht mitkommen müssen. Er hätte sich eine Ausrede ausdenken können, wenn es soweit gewesen wäre. Diesen Vorfall trug Bjørn Hansen Peter nach. »Er klammert sich an das Leben«, mußte er abermals denken, ohne sich darüber im klaren zu sein, inwiefern dieses Ereignis gerade dafür ein Ausdruck war. Wenn er dann in der Wohnung den Geruch von Kotelett wahrnahm, nachdem er vom Essen im *Grand* kam, dachte er bisweilen: Geschieht ihm recht. Einmal mußte er zu Hause noch etwas erledigen, bevor er zum Essen ins

Grand ging. Als er in die Wohnung kam, stand Peter in der Küche und briet sich Würstchen. Sonntagnachmittags. Peter trug modische Freizeitklamotten, leichte, elegante und dünne Kleider, wie sie die Jugend heute trug, wenn sie sich in ihrer Freizeit in Wald und Feld auf gesunde Weise amüsieren wollte. Er wechselte ein paar Worte mit seinem Sohn und sagte, er ginge noch aus. Der Sohn wußte genau, daß er in seinem altmodischen Anorak ins Restaurant wollte, um ein besseres Abendessen zu genießen, so daß Peter, als Bjørn Hansen sagte, er würde ausgehen, klar war, daß er verheimlichen wollte, daß er zum Essen ausging, und zwar, weil er ihn nicht einladen wollte, der dort über seine vier kümmerlichen und verbrannten Würstchen gebeugt stand. Natürlich bereute er es hinterher, als er im *Grand Hotell* saß und die Speisekarte studierte.

Denn er sah Peter wieder vor sich. In modischen Freizeitklamotten in der Küche, wie er Würstchen briet. Allein. Sonntags. Warum geht er nicht mit anderen zusammen essen? dachte er. Und so ist es jeden Sonntag. Der Geruch von Kotelett, der in der Wohnung hing, wenn er nach Hause kam, verriet es. Sowie der einsame Teller im Spülbecken. Er ist so viel allein, dachte er. Er wußte nicht viel über Peter. Er kannte ihn nur von dem, was dieser über sich und seine Angelegenheiten erzählte, wenn er sich gelegentlich zusammen mit dem Vater vor den Fernseher im Wohnzimmer setzte. Ansonsten nur das wenige, was er von ihm in der Wohnung sah und hörte. In der Woche kam er jeden Abend früh nach Hause. Meistens gegen sechs oder halb sieben.

Oder aber kurz nach neun bzw. kurz nach elf, also direkt nach dem Ende der Kinovorstellung, wenn man sofort nach Hause geht, die wenigen hundert Meter von Kongsbergs tollem Kino zu Bjørn Hansens Wohnung. Es kam vor, daß er vom Sofa aufstand und nach draußen ging, um einen Spaziergang zu machen. Aber dann blieb er nicht lange, es war vermutlich nur ein Abendspaziergang.

Warum ist er nicht mit den anderen zusammen? dachte er. Ja, aber das ist er doch, protestierte er sich selbst gegenüber. Samstags, da ist er bis weit in die Nacht unterwegs. Er sah seinen Sohn vor sich. Wie er viel Zeit im Bad zubrachte, bevor er endlich wieder herauskam, in seinen lässigen, aber sorgfältig angeordneten jugendlichen Klamotten. Wie er an seinem Vater vorbeischlenderte, der auf dem Sofa saß, und wie er den Kopf in den Nacken warf und in die Studentendisco ging, bereit, das Leben in Kongsberg zu erobern, an einem Samstagabend im Oktober. Zusammen mit den anderen, mitten in einer hektischen Jugend, bevor er zu vorgerückter Stunde die Wohnungstür aufschloß. Aber was ist mit dem Sonntag? dachte er. Warum ist er dann so allein? Warum geht er nicht mit den anderen essen? Er sah seinen Sohn wieder vor sich. Er sah so einsam aus, wie er da stand. So fröstelnd allein in all seiner stereotypen Jugendlichkeit. Vielleicht hat er nicht das Geld, zusammen mit den anderen essen zu gehen, dachte er. Mein Sohn ist ziemlich sparsam. Deshalb ist er allein zu Hause. Er war sicher am Vormittag mit ihnen zusammen. Mit dem einen oder anderen wandern, und anschließend, wenn die anderen ausgingen und sich amüsierten, ging er nach Hause, weil er der einzige war, der die Möglichkeit hatte, bei sich zu Hause zu kochen.

Denn er hatte ja Kontakt zu ihnen, das konnte Bjørn Hansen daraus schließen, daß Peter häufig die Namen seiner Kommilitonen erwähnte. Ja, Bjørn Hansen selbst kannte sogar von einigen die Namen. Er hatte sich die Namen gemerkt, weil Peter soviel von ihnen erzählt hatte. Karsten Larsen, der aus Nybergsund kam. Jan Feltskog aus Skien, der die isländische Studentin aus ihrem Jahrgang aufgerissen hatte, so daß die beiden ein Paar waren und in der Mensa am Tisch saßen und Händchen hielten (lachte Peter). Und der Schwede Åke Svensson aus Arvika. Vor allem er. Bjørn Hansen hatte den Eindruck, daß Peter und der Schwede Åke den ganzen Tag zusammen waren, zumindest saßen sie im Unterricht nebeneinander und standen bei der Demonstration der technischen Geräte bei *Essilor Aspit* nebeneinander, dem größten Produzenten von Sehhilfen im ganzen Land (hatte Peter erzählt), wo ein Großteil des praktischen Unterrichts stattfand, zusätzlich dazu, daß er in der Mensa mit Åke am Tisch saß, wenn dieser sein Essen einnahm (und Peter seinen Kaffee mit eventuell einem Kaffeestückchen dazu), ein Tisch, an dem auch Jan Feltskog mit seiner Freundin saß und Händchen hielt, hatte Bjørn Hansen deutlich den Eindruck.

Aber wenn ich jetzt nach Hause komme, ist er da, dachte Bjørn Hansen. Das ist er immer. Jeden Sonntag. Und warum erzählt er nie, mit wem er unterwegs war? Er sagt nur, daß er unterwegs war, wenn ich ihn frage, was er gemacht hat. Ist denn Åke Svensson nicht mit ihm unterwegs, und warum um alles in der Welt gehen sie nicht zusammen in der Umgebung von Kongsberg wandern, man diskutiert ja so viel besser, wenn man dabei läuft. Sie haben doch so viel zu besprechen, das hatte Bjørn Hansen Peters Erzählungen entnommen. Aber von den Wanderungen erzählte Peter kein Wort, weder was Åke noch jemand anderes gesagt oder getan hatte. Es muß ja nicht heißen, daß er alleine unterwegs ist, nur, weil er nichts davon erzählt, das muß es nicht heißen. Aber er hatte allmählich den Verdacht, daß der Sohn mehr allein war, als gut war.

Deshalb freute er sich, als Peter eines Tages fragte, ob er sein Auto haben könne. Eine Gruppe von der Ingenieurhochschule wollte am Freitag zu einem Rockkonzert nach Oslo, und als sich zeigte, daß sie nicht genug Autos hatten, hatte Peter gesagt, er könne ein Auto besorgen. Bjørn Hansen gab ihm sofort den Autoschlüssel, frohgestimmt. Nicht nur, weil dies endlich ein Indiz dafür war, daß sein Verdacht, der Sohn würde wie ein Sonderling alleine vor sich hinleben, völlig unbegründet zu sein schien, sondern auch, weil Peter, indem er ihn fragte, ob er sein Auto haben könne, ihm gegenüber wie ein »Sohn« auftrat und ihn nicht mehr nur als freundlichen Vermieter betrachtete, ein Gefühl, das er häufig hatte und mit dem er sich wohl abfinden mußte, ohne etwas dagegen tun zu können, weder im Guten noch im Schlechten, weil es ihm so schwerfiel, sich jetzt zu erkennen zu geben, nach einer derart langen Trennung von seinem Sohn. Der Sohn zog davon, füllte die alte Karre des

Vaters mit drei Kommilitonen und fuhr zu einem Rockkonzert in der Hauptstadt, eine Fahrt von anderthalb Stunden einfache Strecke.

Am Morgen gab Peter beim Frühstück den Autoschlüssel zurück, und Bjørn Hansen fragte, wie das Rockkonzert gewesen sei. »Gut«, sagte Peter. »Aber teuer. Denn ich habe das Auto vollgetankt, und als wir nach Kongsberg zurückkamen und ich abrechnen wollte, wollten die anderen nicht bezahlen. Keiner von ihnen. Und dabei habe ich den ganzen Abend den Chauffeur gespielt, die anderen haben nach dem Konzert ein Bier nach dem anderen getrunken, während ich mich mit einer Limonade begnügt habe. Und dann wollten sie nicht einmal bezahlen.«

»Und warum nicht?« fragte Bjørn Hansen. Peter zuckte mit den Schultern. »Weiß nicht«, sagte er, »sie haben es mit einem Scherz abgetan.«

Peter wußte also nicht, warum seine Kameraden sich nicht an den Benzinkosten beteiligen wollten. Denn sie hatten es mit einem Scherz abgetan. Bjørn Hansen hätte viel dafür gegeben, zu erfahren, wie sie es mit einem Scherz abgetan hatten, aber er konnte nicht fragen, nicht, wenn sein Sohn es nicht näher ausführen wollte. Er war jedoch empört. Es war schäbig und ziemlich ungewöhnlich, nahm er an. Was war mit dem Sohn, daß drei Kameraden einen vierten auf diese Weise behandeln konnten? Daß sie so gut befreundet waren, daß der Scherz einfach nur ein Scherz war, der implizierte, daß nächstes Mal Karsten fuhr und Peter Mitfahrer war und Karsten dann das Benzin übernehmen würde und der Chauffeur des Abends war, der sich mit einer Limonade trösten mußte?

»Aber dann habe ich sie hinausgeworfen«, sagte Peter mit seiner üblichen, viel zu lauten Stimme. »Dann sollten sie bitte schön nach Hause laufen, und Halvor Mørk hatte mindestens vier Kilometer zu gehen, aber laufen mußte er, da er nicht bezahlen wollte. Ich hatte ja nur auf dem Marktplatz gehalten, um abzurechnen, bevor ich sie nach Hause bringen wollte, einen nach dem anderen. Verflucht, es war mitten in der Nacht, es war vier Uhr morgens, und sie haben geglaubt, daß ich sie, nachdem ich die ganze Zeit Chauffeur gespielt habe, nach Hause bringen würde und auch noch, ohne daß sie für das Benzin bezahlten. Sie sind also langsam ausgestiegen und zum Taxistand getrottet, und dann haben sie ein Taxi nach Hause genommen, zumindest Halvor, was die anderen gemacht haben, weiß ich nicht, aber das Taxi hat auf alle Fälle mehr gekostet als das, was sie für das Benzin hätten ausgeben müssen.«

Bjørn Hansen fühlte sich nicht wohl. Er mochte die Situation nicht. Das hier war kein gewöhnlicher Scherz, das hier war etwas völlig anderes. Das hier waren die drei gegen Peter, die drei Kommilitonen gegen seinen Sohn. Warum wollten sie nicht fürs Benzin bezahlen und dafür lieber ein Taxi nehmen? Es ging also nicht ums Geld, sondern um etwas anderes. Aber was? Warum behandelten sie seinen Sohn auf diese Weise, nachdem Peter zunächst vorgeschlagen hatte, daß er ein Auto besorgen und somit ein für sie schwieriges Problem lösen könnte, und sie dann nach Oslo und zurück chauffiert hatte, um dort fast nur herumzusitzen und zu warten, während die drei Freunde die Gelegenheit für eine lange Nacht in der Hauptstadt nutzten, nachdem sie schon einmal da waren?

Du solltest nicht überreagieren, ermahnte sich Bjørn Hansen. Ganz ruhig. Es ist nur ein unglücklicher Vorfall, für den Peter den größten Teil der Schuld übernehmen muß. Es sind vier Freunde, die zusammen zu einem Rockkonzert nach Oslo gefahren sind, wofür Peter ausnahmsweise das Auto besorgt hat. Nächstes Mal ist es vielleicht Karsten oder der dritte, dieser Halvor Mørk. Das ist klar, eine Selbstverständlichkeit, und deshalb fanden die drei anderen, daß es von Peter ein wenig plump war, auf dem Geld herumzureiten, um vier Uhr nachts, man stelle sich das vor, raus mit den Geldbeuteln, Scheine und Münzen hervorkramen, jede Menge Scherereien beim Wechseln und Herausgeben, nein, bring uns nach Hause, Peter, das hier regeln wir später, verflucht. Ja, so muß es gewesen sein, ein richtig schöner Abend, der einen etwas unglücklichen Ausgang genommen hatte, weil Peter bisweilen nun einmal etwas schwierig und unbeholfen sein konnte, rein sozial gesehen, ja, das ist mir schon häufiger aufgefallen, dachte Bjørn Hansen. Und außerdem wirkte Peter auch nicht untröstlich, lediglich ein wenig verärgert. Und am Abend ging er aus, in die Studentenkneipe, und kam erst zu vorgerückter Stunde zurück, da Samstag war.

Wobei, zu vorgerückter Stunde. Ausnahmsweise einmal sah er auf die Uhr, weil er wach wurde, als Peter die

Wohnungstür aufschloß. Fünf nach halb eins. Am Samstag darauf wurde er wieder auf die gleiche Weise geweckt. Er hörte, wie der Sohn die Wohnungstür aufschloß und auf Zehenspitzen durch die Wohnung schlich. Er sah auf die Uhr. Kurz vor halb eins. Am Samstag darauf wachte er ebenfalls wieder auf. Er wollte nicht auf die Uhr schauen. Tat es aber dennoch. Er hätte es nicht tun sollen. Sie zeigte fünf nach halb eins. Also: Sein Sohn kam fünf nach halb eins nach Hause, nachdem er den Abend aus gewesen war und sich amüsiert hatte. Und das war nicht gerade »zu vorgerückter Stunde«. Im Gegenteil, es war der frühestmögliche »natürliche« Zeitpunkt, zu dem ein junger Mann verantworten konnte, nach Hause zu kommen, wenn er samtagsabends aus gewesen war und sich amüsiert hatte.

Bjørn Hansen verstand. Er konnte es nicht länger leugnen. Das hier war der Beweis. Er hatte einen Sohn, mit dem niemand zusammensein wollte, zumindest nicht mehr oder länger als unbedingt nötig. Die Schritte des Sohns fünf nach halb eins am Samstagabend, so regelmäßig, daß man die Uhr nach ihnen stellen konnte, bezeugten es. Und er weiß es selbst. Das war das schlimmste, ansonsten hätte es nichts gemacht, könnte man sagen. Er versucht es zu verbergen, nicht zuletzt vor mir, dachte Bjørn Hansen. Mein Gott! stieß er aus. Aber Bjørn Hansen wußte es jetzt. Daß sein Sohn ohne Freunde war. Es gab anscheinend niemanden, der ihn sonderlich mochte.

Nicht einmal Algot, der Freund, den Peter als seinen guten Geist bezeichnet hatte. Mit dem Peter beim Militär durch dick und dünn gegangen war. Ach ja, Algot hatte wohl zugelassen, daß er mit ihm durch dick und dünn ging, und deshalb hatte der Sohn das gleiche studieren wollen wie Algot, und auf der gleichen Hochschule, um weiterhin mit ihm durch dick und dünn gehen zu dürfen. Ja, Peter hatte davon geträumt, ein ganzes Leben lang mit Algot durch dick und dünn zu gehen, als Algot Bloms verantwortungsvoller Filialleiter. Doch Algot hatte es nicht einmal für nötig erachtet, Peter darüber zu informieren, daß er sich umentschieden hatte. Und dann hängt sich Peter an seine Kommilitonen, die zu einem Rockkonzert nach Oslo wollen. Lockt damit, daß er ein Auto besorgen und sie als Privatchauffeur hin- und zurückbringen kann, und sie lassen es gnädig zu und brauchen sich über ihr Autoproblem nicht weiter Gedanken zu machen. Aber als der Typ verlangt, daß sie dafür bezahlen sollen, ist die Grenze erreicht. Fünf nach halb eins. Immerzu fünf nach halb eins die Wohnungstür aufschließen.

Das schlimmste war, daß er sie verstand. Die anderen. Sein Sohn hatte etwas an sich, das auf andere unangenehm wirkte. Allein schon die Stimme, er sprach viel zu laut. Über die Köpfe der Leute hinweg. Er konnte sich seinen Sohn in der Mensa der Ingenieurhochschule lebhaft vorstellen. Mit seinem ewigen Kaffeestückchen und seiner Kaffeetasse, während er sich darüber ausließ, daß er zu Hause aß und diese Ausgaben deshalb sparte, das mußten sich die anderen anhören, während sie ihr Essen zu sich nahmen. Vermutlich hatten sie ihn kommen sehen, mit der Kaffeetasse und dem Kaffeestückchen auf dem kleinen Teller, und gehofft, er würde sich an einen anderen Tisch setzen. Aber das ist doch zu schrecklich, dachte er. Was mein Sohn will, ist ja nichts anderes, als an einem ganz normalen Studentenleben teilzuhaben. Und das kann er auch gerne, aber bitte nicht an ihrem Tisch.

Von jetzt an erlebte es Bjørn Hansen als schmerzhaft, wenn sein Sohn begeistert über die eigene Zeit sprach. Es tat weh, Peters Ausführungen über den hektischen Rhythmus seiner Zeit lauschen zu müssen, insbesondere dem herablassenden Tonfall, mit dem er sich an Bjørn Hansen wandte, denn Bjørn Hansen wußte es besser. Doch wußte Peter nicht, daß Bjørn Hansen es wußte, also machte er weiter wie bisher. Er sprach begeistert von seiner eigenen Zeit, dem Leben dort draußen. Über die Kraft des elektrifizierten Gejohles im Kellerlokal, einem nahezu sakralen Laut. Über die Zielstrebigkeit der heutigen Studenten, die neue Garde der Optometrie, die sich nichts gefallen ließ, sondern die Optik in ihrer Anwendung zu etwas völlig Neuem erheben wollte, als sie es heute war, sobald sie in Norwegen zum Einsatz kämen, ja in ganz Skandinavien sogar. Über seine Kommilitonen, von denen er, wie Bjørn Hansen nicht ohne den gewohnten Schmerz feststellte, stets freundlich sprach, ja oft mit Bewunderung. Über das Leben hier in Kongsberg, unter den neonleuchtenden Schriftzügen vom CITY, einer Zivilisation, hochtechnologisch, mitten in der Geröllhalde Norwegen. Über die Unbarmherzigkeit unserer Zeit, die diejenigen verstößt, die herausfallen, und zu Recht. Hier dachte Peter Korpi Hansen erneut an junge Menschen, die sich gedankenlos auf die Modestudiengänge von gestern stürzten und denen die Tür vor der Nase zugeschlagen werden würde, sobald sie anschließend auf Jobsuche gingen. Doch mit einer Ausbildung von der einzigen Hochschule Skandinaviens, an der Optiker ausgebildet wurden, stand man in vorderster Reihe. Peter versuchte nicht, seine eigene Cleverness herunterzuspielen, deretwegen er sich hier befand, am Fachbereich Optometrie an der Kongsberger Ingenieurhochschule, fügte jedoch hinzu, daß er ja um ein Haar nach Volda gegangen wäre und Medienwissenschaft studiert hätte. Ja, so hätte es gehen können, häufig regiert der Zufall. Aber nicht nur, fügte er aufgebracht hinzu. Denn sobald meine Gedanken in Richtung Optik gelenkt wurden, habe ich mich von der Idee mit den Medienwissenschaften definitiv verabschiedet. Ich hatte keinen Zweifel daran, was richtig war, sagte er, und Bjørn Hansen mußte erneut mit anhören, wie der hämische Tonfall das Wohnzimmer in Bjørn Hansens Wohnung füllte und den Fernseher übertönte, der gleichzeitig lief.

In solchen Situationen fragte sich Bjørn Hansen oft, was geschehen würde, wenn Peter wüßte, daß sein Vater wußte, wie es eigentlich um ihn stand. Zu seiner Überraschung kam ihm der Gedanke, daß es überhaupt keinen Unterschied machen würde. Peter würde exakt das gleiche erzählen, und im gleichen Tonfall, und mit Häme an den gleichen Stellen. Dieser junge Mann, der ja überflüssig und verstoßen war, war wahrhaftig begeistert von seiner eigenen Zeit und den Seinen, mit denen er eine Gemeinschaft in Kleidern, Musik, Umgangston und Visionen pflegte. Aber du bist doch so einsam, mein Sohn, hätte Bjørn Hansen sagen können, und der Sohn hätte nachsichtig gelächelt. Einsam. Ja, natürlich, würde er sagen. Das ist das Wesen der Jugend. Hast du unsere Musik noch nicht gehört? Die Gemeinschaft, die sie zwischen uns erzeugt, baut doch darauf auf, daß sie ganz offen die verfluchte Einsamkeit zum Ausdruck bringen kann, die tief in der Seele eines jeden modernen Menschen ruht. Laut wie Gejohle können wir sie in den Raum schleudern und sie über die Wände spucken, könnte Peter dann antworten, dachte Bjørn Hansen. Es ist für einen jungen Mann tatsächlich höchst normal, einsam zu sein, Vater, könnte er dann hinzufügen, dachte Bjørn Hansen, doch zugleich spürte er einen Stich, denn ihm war aufgefallen, daß der Sohn in den zwei Monaten, die er nun schon bei ihm wohnte, noch nie einen an Bjørn Hansen gerichteten Satz mit dem Wort »Vater« beendet hatte.

Doch dann hätte Bjørn Hansen ihn damit konfrontieren können, daß die anderen wohl nichts mit ihm zu tun haben wollten, wenn sie es vermeiden konnten. Er hätte den Vorfall anführen können, als Peter sie nach Oslo und wieder zurückgefahren hatte und sie ihn verhöhnten, weil er so dreist war, zu verlangen, daß sie sich die Benzinkosten teilen sollten, als wären sie eine Gruppe Kameraden, die zusammen nach Oslo gefahren waren. Auch darauf hätte Peter antworten können. »Es stimmt schon, daß sie mich nicht von Anfang an dabeihaben wollten. Und daß sie erst

Interesse zeigten, als ich sagte, ich könnte dein Auto haben. Na und? So ist es häufig hier im Leben. Man muß die Mittel nutzen, die man zur Verfügung hat. Ich habe dein Auto genutzt und angeboten, sie zu fahren. Ob man das gleich ›sich dranhängen‹ nennen kann? Vielleicht, aber ich hatte Lust, mich dranzuhängen. Ich lasse mir jedoch nicht alles gefallen, nur weil ich mich dranhängen muß und sonst nicht gefragt werde. Eines Tages werde ich gefragt werden. Aber während ich darauf warte, sollen sie sich verflucht noch mal damit abfinden, für das Benzin zu bezahlen«, stellte er sich vor, daß Peter antworten könnte, laut und belehrend. Er belehrte den Vater über ganz natürliche Verhaltensweisen in einer bestimmten Situation, so einfach war es. Ja, Peter würde alles erklären können und darauf verweisen, daß es ein Vorfall war, den ein junger Mann in seiner eigenen Zeit erlebte und den er gänzlich ungerührt abschüttelte, um weiterzugehen. Nur für fünf nach halb eins konnte Bjørn Hansen für Peter keine Antwort finden.

In gewisser Weise verspürte er darüber fast Erleichterung, denn die Antworten, die er Peter in seiner Phantasie in den Mund legte, stimmten so haargenau mit Peters Art überein, daß die Stille, die Abgewandtheit, ja, die Beschämtheit seines Sohnes, damit konfrontiert zu werden, daß er jeden Samstag leise die Wohnungstür aufschloß und sich durch das Wohnzimmer schlich, damit der Vater nicht aufwachte, mit der Gewißheit, daß es, falls der Vater dennoch wach wurde und auf die Uhr sah, trotz allem weit nach Mitternacht war, ihn in gewisser Weise mit seinem Sohn versöhnten. Seine eigene Verzweiflung darüber, daß der Sohn bei seinesgleichen abgelehnt wurde und unbeliebt war, stieß auf die Beschämtheit des Sohns, in seiner fröstelnden Einsamkeit ertappt worden zu sein, und das führte zu einer Einträchtigkeit, die er mit seinem Sohn ansonsten kaum erreichte, ja, auch hier erreichte er sie nur in seiner eigenen Phantasie, am äußersten Rand der Phantasie gar, dachte er.

Denn er war sich nicht sicher, ob er seinen einzigen Sohn mochte, das einzige also, was letztendlich von ihm zurückbleiben würde. Auch wenn er über die ausweglose Einsamkeit des Sohns, die sich bei dem Sohn nur in den leisen Schritten durchs Wohnzimmer fünf nach halb eins jeden Samstagabend äußerte, verzweifelt war, verstand er nur zu gut die Ursache derselben. Er ertrug das belehrende und prahlerische Wesen seines Sohnes nicht. Es war ihm zuwider, obwohl Peter auf diese Weise ja nur die Begeisterung für seine Zeit zum Ausdruck brachte, die er ihm schließlich gönnen mußte, und es außerdem zeigte, daß der Sohn darauf eingestellt war, für das Leben, das ja trotz allem sein eigenes war, sein fröstelnd eigenes war, zu kämpfen und sich zu prügeln, konnte Bjørn Hansen hinzufügen. Es war Peters Lebensfunke, der auf diese Weise zum Ausdruck kam, also das, was von ihm zurückbleiben würde, von seinem eigen Fleisch und Blut, seinen Genen, das blind weiterstreben sollte nach noch ungeborenem Leben. Aber etwas an diesem Lebensfunken erschreckte ihn. Das Lauernde an seinem Sohn. An seinem Verhältnis zum Vater. Als wollte er die ganze Zeit sagen: Wag es nicht. Du kannst mich nicht als Sohn zurückkaufen, hier in dieser Wohnung bin ich der Untermieter und du mein Vermieter. In allem, was Peter tat, lag ein Abstand, der dies zum Ausdruck brachte. Dennoch konnte er der Versuchung, Vorteile zu genießen, die er ausschließlich in seiner Eigenschaft als Bjørn Hansens Sohn erfahren konnte, nicht widerstehen, und zwar auf eine Art, daß er sicher war, Peter würde seinen Kommilitonen gegenüber damit frohlocken. Er hatte Angst davor, seinen Sohn zu kränken, indem er ihm gegenüber in einer Art und Weise auftrat, die Peter als Annäherungsversuch in seiner Eigenschaft als Vater auffassen mußte. Ihn zu reizen oder vor den Kopf zu stoßen. Es gab so vieles, was er ihm geben wollte, was er jedoch unterließ, weil er fürchtete, Peter könnte es auffassen, als wolle er ihn unter Druck setzen, als »Sohn« aufzutreten. Das Lauernde an ihm, jedesmal, wenn er etwas annahm, wie das Essen, das der Vater so arrangiert hatte, daß der Sohn es essen konnte, ohne sogleich als »Sohn« aufzutreten, verwies auf einen eigentümlichen und starken Lebensfunken in ihm, mit dem er sich dennoch nicht versöhnen konnte, weil er ohne Großzügigkeit war (aber wie viele junge Männer sind großzügig! Sie haben genug damit zu tun, sich an ihre eigene Zukunft zu klammern) und ohne Schamgefühl (aber Schamgefühl, erwartete er das bei einem jungen Mann?), und der, wie er zugeben mußte, auch seinen weiteren präzisen Ausdruck in der Unverfrorenheit fand, die seine Kommilitonen erlebt hatten und zu ertragen versuchten, zu mehr jedoch nicht bereit waren. Peter sollte Optiker werden. Er sprach von der großen Kompetenz, die

die Kongsberger Ingenieurhochschule auf diesem Gebiet vermittelte, als wäre sie ein Gewinn, den er aufgrund seiner Tüchtigkeit kassiert habe. Das Fach selbst interessierte ihn jedoch kaum. Er interessierte sich wenig für die Wissenschaft der Optometrie, obwohl die Wissensaneignung auf diesem Gebiet ja der Grund seines Aufenthaltes hier war. Diese empfand er nahezu als den Preis, den er bezahlen mußte, um eine Ausbildung zu erhalten, die die Zukunft vor sich hatte. Bjørn Hansen hatte sich gefragt, warum Peter mit seinen guten Noten nicht ein anderes Studium gewählt hatte, Arzt wurde oder Ingenieur, doch das lag ihm anscheinend fern, sein Ehrgeiz ging überhaupt nicht in diese Richtung. Algot konnte nicht alles erklären, denn hätte sein Sohn seinen Wehrdienst mit dem ehrgeizigen Wunsch angetreten, Arzt, Diplomingenieur oder Rechtsanwalt zu werden, hätte nicht einmal Algot ihn dazu bewegen können, statt dessen Optiker zu werden. Es war Medienwissenschaft gegen Optometrie gewesen, und da hatte er zu seiner eigenen hämischen Zufriedenheit das richtige gewählt, nämlich die Optometrie. Diese Entscheidung mochte auf Außenstehende etwas zweifelhaft wirken und Peters unerschütterliche Überzeugung nahezu unbegreiflich. Medienwissenschaft bedeutete schließlich Macht. Die neuen Bild- und Schriftgelehrten, die sich kraft ihres Wissens die Geheimsprache auf Fernsehbildschirmen zunutze machen konnten, müssen auf Peter doch verlockend gewirkt haben. Dennoch beschließt er also, Optiker zu werden. Die Schwächen des Auges auszugleichen, mit Hilfe der Wissenschaft der Optometrie. Daß er die gleiche Entscheidung ohne Algots Einfluß getroffen hätte, ist undenkbar, seltsam war, daß er sich überhaupt so entschieden hatte. Es mußte bedeuten, daß Algots Einfluß größer war als der Traum, zu den modernen Mediengelehrten zu gehören, mit ihrer Macht und ihrem abenteuerlichen Leben im Gegensatz zu einem Leben des nahezu völligen Stillsitzens im Hinterzimmer eines Optikerladens, wenn auch in weißem Kittel. Aber dort, im Hinterzimmer eines Optikerladens, sollte Peter Korpi Hansen dem Leben seinen Stempel aufdrücken wie einer, der das Leben vollkommen verstand. Das war sein Ziel. Algot kam nicht. Die Optometrie als Fach interessierte ihn wenig. Er hätte wieder abreisen können. Die Voraussetzungen waren schließlich verschwunden. Aber er blieb. Seine Kommilitonen mochten ihn nicht und ertrugen nur zur Not, daß er sich in der Mensa zu ihnen an den Tisch setzte. Abends konnte er jedoch bei seinem Vater sitzen und begeistert von der Kongsberger Ingenieurhochschule schwärmen, dem vergnügten Studentenleben, dem Rhythmus der Zeit, den Gastprofessoren, die von der Technischen Hochschule in Trondheim kamen und es ihnen rechtzumachen versuchten, seinen tollen Kommilitonen, von denen insbesondere Åke Svensson aus Arvika weit oben rangierte. Denn Peter hatte seinen Platz gefunden. Er hatte herausgefunden, wie er dem Leben seinen Stempel aufdrücken konnte.

Laut Peter war es der Schwede Åke gewesen, der ihn auf die Idee gebracht hatte. Hier laufen wir herum, vierzig Mann, hatte er gesagt, aber wen werden die Kunden später vorziehen? Den besten natürlich. Aber wir alle sind der Beste, aus Sicht des Kunden. Nach drei Jahren hier beherrschen wir alle den technischen Teil des Jobs zur vollsten Zufriedenheit des Kunden. Soviel haben wir schließlich gelernt, allesamt. Jeder von uns kann das richtige Glas für jedes x-beliebige Auge finden und kann auch erkennen, wer eine Augenkrankheit hat, und den Betreffenden zum Augenarzt schicken, sogar diejenigen von uns, die in den Stunden des Augenspezialisten geschlafen haben, sollten soviel aufgeschnappt haben, daß sie ein krankes Auge von einem mit Sehstörung unterscheiden können. Das Auge mit Sehstörung ist unser Gebiet, und alle werden die richtige Brille oder die richtige Linse dafür finden. Für denjenigen, den wir bedienen, sind wir alle gleichermaßen tüchtig. Daß einer tüchtiger als der andere ist, können nur Optiker sehen. Dennoch werden die Kunden den einen Optiker einem anderen vorziehen. Manche werden Erfolg haben, andere werden sich quälen. Wer wird Erfolg haben, wenn alle in Wahrheit gleichermaßen tüchtig sind? Tja, derjenige, der etwas anderes bieten kann. Der Schönheit bieten kann, sagte Åke. »Die modische Brille.«

Das hatte auf Bjørn Hansens Sohn, der noch nicht einmal davon träumte, seinen eigenen Optikerladen zu haben, sondern Assistent von Algot Blom oder einem vergleichbaren Optiker zu werden, großen Eindruck gemacht. Dank der richtigen Analyse modischer Launen tat sich ein Optiker hervor. Indem er modische Launen konkret auf eine Brille übertrug. Einzusehen, daß hierin die Zukunft eines Optikers lag. Das hatte Peter begriffen. Aber Åke war es gewesen, der ihn auf die Idee gebracht hatte. Dafür wäre er Åke Svensson auf ewig dankbar, sagte er. Daß er diese Worte in ihn gesät hatte. Worte, die Peter in seinem Herzen bewegte, über denen er brütete, denn dem Vater war durchaus klar, daß Peter gut und gerne hier sitzen und sich seinem Vater gegenüber darüber auslassen konnte, was das alles bedeutete, niemals jedoch, wenn er mit seinen Kommilitonen zusammen war. Da hörte er zu und hielt den Mund. Denn jetzt hatte er einen Vorsprung, er hatte erkannt, was zählte. Natürlich mußte er sein Fach lernen. Aber daneben mußte man auch seine eigene Zeit verstehen. Ihre Launen, die das Wesen der Zeit ausmachten.

Bjørn Hansen betrachtete seinen Sohn. Er konnte ihn sich als Optiker vorstellen. Als Assistent in einem Optikerladen. Er konnte ihn sich nicht als Rechtsanwalt, Arzt oder Diplomingenieur vorstellen. Auch nicht als Mann der Medien, weder in der Werbung, beim Film noch als Sendeleiter beim Fernsehen. Er hatte seinen Platz im Leben gefunden. In einem Fach, das ihm im Grunde nichts bedeutete, für das er sich aus einem Zufall heraus entschieden hatte und weil es eine sichere Zukunft bedeutete, da es im Verhältnis zum Bedarf wenig Optiker gab, im Gegensatz zu den Medien, zu denen sich zu viele berufen fühlten. Sein Sohn als Optiker. Der für den Kunden die richtige Brille sucht. Hämischer Stolz, indem er direkt in seine eigene Zeit eingreift und auf nahezu geheimnisvolle Weise mit jener Brille zurückkommt, die der Gesichtsform des Kunden perfekt angepaßt ist, vor dem Hintergrund der spezifischen und wechselnden Ausdruckskraft seiner Zeit oder ihrer gestählten Konformität. Das hier war nicht nur sein Sohn, es war der Traum seines Sohns und sein bebendes Ziel im Leben.

Es war deutlich zu sehen, daß die Idee, die er von dem Schweden Åke aufgeschnappt hatte, etwas in ihm ausgelöst hatte. Es war nicht zu leugnen, daß er ins Blaue hinein studiert hatte, weil die Grundlage für das Studium ja bereits verschwunden war, bevor alles angefangen hatte. Er hatte fleißig gelernt, keine Frage, aber ohne besonderes Ziel. Außer vielleicht mit der Hoffnung, weit hinten im Hinterkopf, daß ein Brief von Algot kommen könnte, der alles erklärte und wiedergutmachte. Er hatte eifrig gelernt, damit die Zeit schneller verging. Doch jetzt konnte er nach vorne schauen, dem Tag entgegen, an dem er fertig sein würde, in zweieinhalb Jahren, und in eine Zukunft, die nicht länger davon abhängig wäre, daß ihn ein Freund auf derart unbegreifliche Weise verraten hatte. Er war ebenso einsam wie zuvor, aber er ließ es sich weniger anmerken, außer natürlich in jener Stunde, in der ihn die Einsamkeit traf, zwischen halb zwölf und fünf nach halb eins, wenn ihm klar wurde, daß er bei seinesgleichen erneut überflüssig geworden war, mußte man annehmen.

Das Herbstsemester ging seinem Ende entgegen. Peter würde bald über die Weihnachtsferien nach Hause fahren, nach Narvik. Sie teilten sich die Wohnung, der Vater hatte gemerkt, wie es war, einen jungen modernen Mann bei sich wohnen zu haben. Zum Beispiel, indem das Badezimmer belegt war, wenn er hineinwollte. Und wenn die Ausdünstungen von Parfum, Bodylotion, Aftershave, Deodorantstick, Shampoo etc. etc. des Sohns in der Luft hingen, wenn er dann endlich hineinkonnte, und die primitiveren Gerüche aus dem Innern des Sohns überdeckten, die nur unmerklich zugegen waren, als verdunstete, nicht zu identifizierende Zeugen seiner haarigen Nähe. Er sah, wie der Sohn morgens ging, lässig, selbstsicher, bis zum Gehtnichtmehr im Kostüm der Jugend gekleidet. Und wie er abends oder am späten Nachmittag nach Hause kam und das Abendessen in der Mikrowelle aufwärmte, die Bjørn Hansen gekauft hatte, weil sein Sohn bei ihm wohnen sollte. Anschließend ging er in sein Zimmer und lernte oder ruhte sich vielleicht aus. Doch dann kam er ins Wohnzimmer, setzte sich aufs Sofa und redete. Darüber. Redete hämisch über die anderen Studenten. Die nicht begriffen, in welcher Weise der Optiker an der allgemeinen Aufklärung des menschlichen Wesens teilhaben sollte. Die glaubten, es ginge nur darum, sich elementares Wissen hinsichtlich des Verhältnisses zwischen der menschlichen Gesichtsform und dessen Brillengestell und Gläsern anzueignen. Ja, nicht einmal Åke sparte er aus, wenn er über die anderen herzog. Åke, der ihn auf die Idee gebracht hatte, selbst aber den Inhalt des Gesagten nicht begriffen hatte. Er hatte es für eine Schnapsidee gehalten, ein witziges Detail, über das man scherzen konnte, wenn auch halb im Ernst. Aber nicht ganz im Ernst. So wie Peter. »Große Brillengläser in einem langen Frauengesicht«, lachte er. »Das wird wahrhaftig gelehrt. Denn dann wird das Gesicht der Frau weich. Die anderen glauben, es ginge nur darum, diese Art von elementaren Regeln zu lernen. Aber was ist, wenn das Frauengesicht gar nicht weich zu sein braucht? Hat diese Weichheit, die zu jeder Zeit bei einer Frau hervorgehoben werden soll, nicht etwas Banales? Es könnte ja sein, daß, indem man das Harte in dem langen Gesicht einer Frau unterstreicht, dieses auf geheimnisvolle, aufreizende Art erstrahlt. Das Reine und Harte. Eine viereckige Brille mit schmalen Gläsern für sie. Also das krasse Gegenteil der Lehrmeinung, die seine Kommilitonen für ewige Wahrheit halten. Es gibt keine ewige Wahrheit, nur einen hektischen Lebensrhythmus, Situationen, in denen der Mensch die Gelegenheit erhält zu funkeln, in denen die Situation der Himmel ist und die vollkommenen Menschen die Sterne bilden«, sagte Peter feierlich und mit großem, echtem Pathos. Ach, wenn sein Sohn doch nur so bewegt über die Wissenschaft der Optometrie sprechen könnte! Über die Kenntnisse, die den Sohn in die Lage versetzen sollten, mit den Krümmungen eines Glases zu arbeiten und zu einem –2,5 oder –1,7 zu finden. Doch diese notdürftigen Kenntnisse vermochten es nicht, seinen Sohn zu Höhenflügen anzutreiben und ihn auf die Begegnung mit dem wirklichen Leben vorzubereiten. Worüber Peter jetzt sprach. Worüber Peter seinen Vater jetzt belehrte. Immer wieder belehrte. Das Leben und seine eigene Zukunft, für die ihm die Augen geöffnet worden waren. Bisher war es nur das Leben gewesen, das bewundernswerte Leben, seine eigene Zeit. Jetzt wußte er auch, wie *er* darin tätig werden sollte.

Ihm waren die Augen geöffnet worden. Er redete ununterbrochen. Mit der immergleichen eintönigen, viel zu lauten Stimme. Über die Augen des Vaters hinweg, aber direkt in sein Ohr. Der Sohn nahm seine Ohren unter Beschuß. Das Ganze hatte sich völlig anders entwickelt, als er es sich vorgestellt hatte. Bjørn Hansen hatte den ganzen Herbst über darauf gewartet, daß Peter ihn »angreifen« würde. Warum hatte er seinen einzigen Sohn verlassen, als dieser gerade mal zwei Jahre alt war? Hatte er nicht gewußt, daß damit die eine Wand im Leben des Sohns wegbrach? Er hatte ebenfalls darauf gewartet, daß ihm Peter erzählte, er habe ihn seit dem Alter von 14 Jahren nicht mehr besucht, weil er darauf gewartet habe, daß sich sein Vater zu erkennen gab und ihn inständig drängte, ob er nicht doch zu ihm kommen wolle, denn er ertrage den Gedanken nicht, ihn zu verlieren. Aber Peter brachte keinen »Angriff« auf ihn vor. Mit keinem Wort deutete er an, was zwischen ihnen gewesen ist. Mit keinem Wort, mit keiner Miene deutete er etwas an, das Peter zu Bjørn Hansens »Sohn« und ihn folglich zu seinem »Vater« machen konnte. Der »Angriff« blieb aus. Doch Bjørn Hansen hatte gewartet. Er hatte seine Antwort vorbereitet. Daß er nichts bereute und folglich keinerlei Initiative ergreifen könnte, die ihn zu Peters »Vater« und folglich Peter zu seinem »Sohn« machen könnte. Denn er konnte das Wort Reue nicht verwenden, wenn er wußte, daß er wieder genauso handeln würde, wenn er noch einmal eine Chance erhielte. Somit hatte er die Chance mit seinem Sohn vertan, nur Peter konnte es jetzt noch richten, wenn er wollte.

Aber das wollte Peter nicht. Er hatte keine Ahnung, wovon der Vater sprach. Das Ganze war ihm gleichgültig. Peter erzählte vielmehr begeistert von seiner strahlenden Zeit und deren aufgeklärten Menschen, und das war sein gutes Recht. Auf dem Verhältnis zwischen Vater und Sohn lastete ein Fluch. Abend für Abend saß der einsame junge Mann da und belehrte seinen Vater über das Leben da draußen, in der Zukunft. Mit seinem jungen, nackten Gesicht, das Bjørn Hansens Züge trug, wie es hieß, äußerte Peter selbstsicher, wie er die Zukunft meistern wolle. Wie er ihr nahekommen wolle, so nahe, daß er sie greifen könne, von seinem kleinen gedachten Standort aus, als verantwortungsvoller Filialleiter eines Algot Blom-Ladens in Oslo City oder wo auch immer er nun landen würde, konnte er seinem Vater, zum ersten Mal, triumphierend anvertrauen, denn es war ganz und gar nicht sicher, daß er bei Algot Blom landen würde, der Möglichkeiten gab es ja so viele. Bjørn Hansen hörte zu. Er war äußerst zurückhaltend, wie er da saß, sein Ohr unter dem Beschuß der Worte. Er sagte nur: Aha, ach so, meinst du, nein, also, das wäre vielleicht eine Idee. Aber das störte Peter nicht. Er redete und redete. Begeistert und eintönig mit seiner viel zu lauten Stimme. Bjørn Hansen wünschte sich, er würde aufhören. Er ertrug keine weiteren Aussagen mehr über die moderne Welt, zu der sein Sohn so stolz mit Haut und Haar gehörte. Mit all ihrem Stil und all ihrer Eleganz, an die sein Sohn sich jetzt klammerte, dank seiner Vision, das Moderne in seinem eigenen Leben als die Fähigkeit zu interpretieren, ein so frappierendes Brillengestell erschaffen zu können, daß den Leuten vor Bewunderung die Luft wegblieb. Aber der Sohn hörte nicht auf. Er redete ununterbrochen. Auch morgens, noch bevor Bjørn Hansen den Schlaf aus seinem Körper vertrieben hatte und sich auf einen neuen Tag einstellen konnte, konnte der Sohn an dem ausziehbaren Brett am Küchenschrank stehen, Brot schneiden und triumphierend über den Rhythmus seiner eigenen Zeit sprechen und wie wichtig es war, diesen zu verstehen. »Mit seinem obszön nackten Gesicht«, »Ihnen wie aus dem Gesicht geschnitten«, gerüstet in einem signifikanten Kostüm seiner reichhaltigen Garderobe, stand er selbstsicher und selbstverliebt da und belehrte Bjørn Hansen über die Überlegenheit seiner eigenen Zeit, innerhalb derer er sich befand, nicht außerhalb, bevor er seine Kaffeetasse und die Brotscheiben nahm und in sein Zimmer ging, so daß der Vater endlich in aller Ruhe sein Frühstück zu sich nehmen konnte. Zugleich spürte er einen Stich von schlechtem Gewissen.

Denn vielleicht verstehe ich ja alles ganz falsch, dachte er. Vielleicht ist das hier die Mitteilung eines »Sohns«. Vielleicht ist das hier die »Stimme des Sohns«. Ein junger Mann, der seinem Vater mitteilt, welche Reise er angetreten hat und welche Abenteuer nun da draußen auf ihn warten. Eine Botschaft also, die er von da draußen mitbringt, zu seinem Vater. Wenn dem so wäre, wäre die Stimme dann Ausdruck dessen, daß derjenige, der sich mitteilte, das Erbe seines Vaters antrat, das Leben weitergeben würde? War es Bjørn Hansens Sohn, der seinem Vater mitteilte, wie er die Sache anpacken sollte? Gut möglich, gut möglich. Auf seine belehrende Art war es dann vielleicht doch ein »Sohn«, der da sprach, weit weg, aber doch vielleicht ein »Sohn«. Der zu ihm sprach. Der versuchte, ihn zu erreichen, als Sohn. Bjørn Hansen war bewegt und unruhig. Denn lag nicht in dieser Mitteilung, wenn es sich wirklich so verhielt, daß sie von seinem »Sohn« kam, auch die leise Anfrage, ja die geheime Hoffnung, sein Vater möge ihm, tief dort unten, Anerkennung geben? Einen kleinen Funken? Der zwischen ihnen beiden entzündet werden könnte? War es möglich, daß Peter es getan hatte? Das, was Peter tun konnte, aber wofür Bjørn Hansen die Chance vertan hatte. Versuchte er sich jetzt zu erkennen zu geben? Nicht in Form eines »Angriffs«, auf den er monatelang gewartet und gewartet hatte, sondern auf diese höchst überraschende Art. Plötzlich wurde Bjørn Hansen klar, daß sein Sohn, der ununterbrochen geredet hatte, auf seine belehrende Art, selbstsicher und hämisch, herablassend, die ganze Zeit eigentlich immer und immer wieder gesagt hatte: Sag etwas zu mir, Vater. Erkenne mich an als den, der ich bin, erkenne das Leben an, das ich führe und auf das ich mich vorbereite. Tu es, Vater. War es möglich, daß er einen Sohn hatte, der monatelang, seit er nach Kongsberg gekommen war und sich als Gast in der Wohnung seines Vaters einquartiert hatte, immer und immer wieder um ein anerkennendes Wort gebeten hatte? Doch, das war möglich. War es wirklich ein Sohn, der da saß und versuchte, sein eigenes Leben und das Ziel seines Lebens zu preisen, um Anerkennung von seinem

»Vater« zu bekommen? Verblüfft mußte Bjørn Hansen erkennen, daß dies nicht zu leugnen war. Und wenn es sich so verhielt, konnte er, indem er ihm diese Anerkennung gab, in Peters Augen zu Peters Vater werden und folglich wiedervereint mit seinem Sohn. Er könnte das erlösende Wort sprechen, und der Fluch zwischen ihnen würde aufgehoben. Aber wenn es sich so verhielt, war es dennoch zwecklos. Es könnte sich ebensogut umgekehrt verhalten. Denn er konnte Peter diese Anerkennung nicht geben. So einfach und erschütternd war es. Peter mochte ununterbrochen reden. Ihn weiterhin mit seiner viel zu lauten Stimme belehren, das änderte nichts. Mein armer vaterloser Sohn, dachte er.

Es ging auf Weihnachten zu, auch in Kongsberg. Peter hatte eine Art Zwischenprüfung direkt vor Weihnachten, und als diese vorbei war, packte er seine Sachen und fuhr nach Narvik, um Weihnachten dort zu feiern. Er nahm nur einen Koffer mit, als er fuhr, und sein Vater begleitete ihn zum Bahnhof. Der Zug kam, und der Vater reichte ihm die Hand. »Ich komme wieder«, sagte Peter. »Nach Weihnachten, es ist so klasse, bei dir zu wohnen.« Der Vater lächelte und wünschte ihm eine gute Reise. Nach Weihnachten kommst du wieder, dachte er. Aber du wirst nicht sehr lange bleiben. Das weiß ich.

Weihnachten kam. Bjørn Hansen feierte Weihnachten in aller Stille, ganz allein, unterbrochen nur von einem Abendessen bei Berit und Herman Busk am 2. Weihnachtstag, wie immer. Anfang Januar kehrte Peter zurück, und in der Mitte des gleichen Monats flog Bjørn Hansen nach Vilnius.

Wo liegt Vilnius? Vilnius liegt irgendwo in Europa, genauer läßt es sich nicht angeben. Man fährt mit dem Zug von Kongsberg nach Oslo, fliegt von Fornebu nach Kastrup in Kopenhagen, und nach einem einstündigen Aufenthalt in der Transithalle geht man an Bord eines Flugzeugs Richtung Vilnius. Nach einer Flugzeit von einer Stunde und zwanzig Minuten landet man dann auf dem Flughafen von Litauens Hauptstadt. Man befindet sich 200 Kilometer von Minsk, wenn man Richtung Osten fahren würde. 300 Kilometer von Riga, in nordwestlicher Richtung. 400 Kilometer von Warschau, Richtung Süden. Nach St. Petersburg sind es 650 Kilometer, nach Moskau 900 und nach Berlin 850. Auf halber Strecke zwischen Berlin und Moskau, irgendwo in Europa. Bis zur baltischen Küste, bis zur wichtigsten Hafenstadt Litauens, Klaipeda, und zu den Badeorten sind es 250 Kilometer.

Bjørn Hansen befand sich also in Vilnius. Er sah aus dem Fenster seines Zimmers im 17. Stock des typisch sowjetrussischen Hotels Litauen auf die Stadt auf der anderen Seite des Flusses Neris hinunter. Eine alte ehrwürdige Stadt. In Europa. Eine Burg thront zusammen mit dem Gediminas-Turm auf der Spitze eines Bergs, darunter liegt die Stadt mit ihren Kirchen, Gebäuden, Türmen und Mauern. Bjørn Hansen war von dem Blick aus dem Fenster ergriffen und beschloß, sogleich nach draußen zu gehen. Kurz darauf überquerte er eine steinerne Brücke und gelangte auf die andere Flußseite, auf der diese alte Stadt lag. Eine Stadt mit einem Skelett aus dem 14. Jahrhundert. Jahrhundertealter Aufenthaltsort für Litauer, Polen, Weißrussen und Juden. Heute litauische Bevölkerung mit einer großen russischen Minderheit. Eine Stadt mit engen Gassen, Kopfsteinpflaster und dem Geruch nach Koks. Aufsteigender Rauch, der sich über die Stadt legte. Geruch nach Koks und ranzigem Öl. Bjørn Hansen, der in seinen westlichen, für norwegische Verhältnisse ziemlich langweiligen Kleidern durch die Gassen eilte. Alle sahen ihn an. Sie standen in schmalen Toreinfahrten und sahen ihn an. In ihren abgewetzten altmodischen Kleidern. Mit ihren Bündeln unterm Arm, gebeugt und mit krummem Rücken. Aber sie sahen ihn an mit einem Blick voller Neugier. Er war ein Gesandter Amerikas. Kohl und Kartoffeln. Rollen mit Kleiderstoffen in den Läden innerhalb der Mauern der Stadt. Ein Mann, der einen Karren mit leeren Milchflaschen zog. Sie klirrten. Bjørn Hansen eilte weiter, ihm war im Grunde ein wenig unbehaglich zumute. Das alte Stadttor aus dem 16. Jahrhundert. Die Kasimirkirche. Ein Theatergebäude aus dem 18. Jahrhundert. Der erzbischöfliche Palast. Das neue Rathaus aus dem 18. Jahrhundert. Die Universität aus dem 16. Jahrhundert mit der Johannikirche. Der Gediminas-Markt mit der Kathedrale und dem frei stehenden Glockenturm. Dingdong.

Es war kalt, und ihn fröstelte. Es war mitten im Winter. Die Leute eilten durch die engen Gassen. Mit einemmal fing es an zu schneien. Es war einer dieser dunklen Tage in

Vilnius, und mit einemmal fing es an zu schneien. Ja, Bjørn Hansen erlebte, wie es in dieser Stadt auf mitteleuropäische Art schneite. Der Schnee fiel schwer und naß auf Vilnius, das vor langer Zeit Litauens Jerusalem genannt worden und in den Zwischenkriegsjahren eine polnische Provinzstadt gewesen war. Große, weiße Schneeflocken in der Luft, die auf den Boden fielen, von der Erde aufgesogen wurden und verdunsteten. Zwischen den Barockgebäuden hindurch und auf die gewundenen schmalen Gassen fiel in schweren weißen Flocken der Schnee und legte sich auf die breiten Schultern der Menschen und auf ihre Haare, die darauf naß wurden. Mit einemmal waren die Gassen voller Schulkinder, die versuchten, die Schneeflocken in der Luft zu fangen. Aus engen und schmalen Öffnungen in den Häuserreihen kamen sie plötzlich auf die Straße, in Schuluniform und mit zusammengebundenen Büchern, die sie schnell loszuwerden versuchten, indem sie sie auf Gesimse, Mauernischen und Treppen legten und dann mitten auf die Straße liefen, um mit ihren eifrigen Händen den Schnee zu fangen. Sie klatschten in die Hände, um den Schnee in der Luft zu fangen, in raschem Tempo, in der vergeblichen Hoffnung, genug Schneeflocken für einen Schneeball zusammenzubekommen. Bjørn Hansen eilte weiter durch die Stadt und sah dieses wunderliche, plötzliche Schauspiel, das sich seinen Augen spontan bot. Er kam wieder zu der alten steinernen Brücke über die Neris und in das zurückgezogene Hotel Litauen, das auf der anderen Seite thronte.

Wie Wasser schüttelte er sich den Schnee von den Haaren, als er die Empfangshalle des Hotels Litauen betrat. Die Empfangshalle war tief und dunkel, im pompösen Stil der 1960er Jahre gehalten. Dicke Teppiche auf dem Fußboden, dunkle Beleuchtung, und ganz am Ende blinkten von der langen Theke an der Rezeption kleine Lichter. Davor stand eine Gruppe, die eine andere Gruppe mit Umarmungen und übertriebenen Bewegungen freundschaftlich begrüßte. Bjørn Hansen strebte auf sie zu, denn er kannte die Mitglieder der einen Gruppe. Es war die Gruppe, zu der auch er gehörte und die gerade ihre litauischen Gastgeber begrüßte. Bjørn Hansen befand sich nämlich als Angehöriger einer Delegation in Vilnius. Er war als kommunaler Vertreter für eine norwegische Delegation ausgewählt worden, die nach Litauen reisen sollte, um den Litauern Demokratie beizubringen. Und jetzt waren sie hier und begrüßten diejenigen, die belehrt werden sollten. Sie sollten mit Litauern, die dazu ausersehen waren, wichtige Positionen in der kommunalen Verwaltung dieser früheren Sowjetrepublik zu bekleiden, die sich jetzt für selbständig erklärt hatte, sprechen und diskutieren. Das Ziel war, daß die Norweger den Litauern gute Ratschläge erteilen sollten, wie die Lokaldemokratie vernünftig funktionieren könnte, so daß die Lokalbevölkerung regiert wurde und selbst mitregierte. Es war nicht ungewöhnlich, daß zu einer solchen Delegation ein norwegischer Kämmerer gehörte, und auch nicht, daß dieser norwegische Kämmerer Bjørn Hansen war, denn er war nun schon seit fast zwanzig Jahren Kämmerer, und in dieser Zeit hatte er bereits mehrere Ehrenämter innerhalb des Norwegischen Verbands der Stadt- und Gemeindekämmerer innegehabt.

Die Konferenz begann unmittelbar nach der Begrüßung in der Eingangshalle und fand im gleichen Hotel statt, in dem die Norweger untergebracht waren. Es folgten drei weitere Tage mit Sitzungen, unterbrochen von Besichtigungstouren in Vilnius und einem Tagesausflug durch Litauen. Am letzten Abend gab es ein Festessen, bevor die norwegische Delegation nach Oslo zurückkehrte. Zu der eigentlichen Konferenz hatte Bjørn Hansen nicht viel zu sagen. Er war etwas unpäßlich, zum einen aufgrund des ausgiebigen Feierns an den Abenden, zum anderen aufgrund seiner eigenen Gedanken. Aber ihm fiel von der ersten Minute an auf, daß über dieser Begegnung zwischen norwegischen und litauischen Gemeindeverwaltern eine eigentümliche Stimmung lag. Die Norweger wurden verehrt. Mehr verehrt, als ihm lieb war, denn das, wofür sie verehrt wurden, war nicht ihre Persönlichkeit, sondern ihre begehrenswerte Zugehörigkeit.

Die Litauer träumten davon, in Bjørn Hansens Schuhen zu stecken. Sie fanden seine Schuhe äußerst elegant und zeigten deshalb auch auf sie. Und somit kam es Bjørn Hansen seltsam vor, in seinen eigenen Schuhen zu stecken. Auch seine Uhr hatte etwas Verheißungsvolles an sich. Sie sahen in dem Träger der Uhr jemanden, der eine natürliche Überlegenheit ausdrückte. Häufig wurde er gefragt, wie spät es war, obwohl die Litauer selbst Uhren trugen. Dann winkelte Bjørn Hansen den Arm an, sah auf die Uhr und sagte ihnen, welche Zeit das Zifferblatt zeigte, auf Deutsch. Aber die Litauer hörten nicht zu, sie *sahen* nur wie verzaubert auf das, was sich an Bjørn Hansens Handgelenk offenbarte, wenn er den Hemdsärmel zurückschob, so daß die Uhr zum Vorschein kam, eine natürliche Bewegung, die er schon zigtausendmal gemacht hatte, ohne daß sie früher für Aufregung gesorgt hätte. Dabei waren das hier keine unwissenden Menschen aus den unteren Schichten der litauischen Bevölkerung, die direkten Nachfahren stummer Fronbauern. Das hier waren Menschen mit hohem Ausbildungsgrad, die ausgesucht worden waren, um im neuen Litauen zu lokalen Führungskräften zu werden. Sie repräsentierten das Rückenmark des neuen Litauen. Und Bjørn Hansen war nicht der einzige, der ihrer grenzenlosen Bewunderung ausgesetzt war, weil er in seinen eigenen Kleidern herumlief. Die gesamte norwegische Delegation erlebte das gleiche. Und da diese aus ziemlich nüchternen, viele würden sagen ziemlich grauen norwegischen Beamtenfiguren bestand, von denen wenige, wenn überhaupt, in Kleiderfragen als elegant durchgehen konnten, war es nicht verwunderlich, daß die Stimmung in der norwegischen Delegation stieg, ja, es ließ sich nicht vermeiden, daß sich viele sehr geschmeichelt fühlten. Bjørn Hansen hingegen wurde jetzt klar, daß der Plan, dessentwegen er nach Litauen gekommen war und den er hier in die Tat umsetzen wollte, nicht mißglükken durfte.

Deshalb verließ er am zweiten Tag schon vor dem Frühstück das Hotel und hielt ein Taxi an. Er war gespannt, aber ruhig. Er bat den Fahrer, ihn zum größten Krankenhaus in Vilnius zu fahren. Das Problem bestand darin, den richtigen Mann zu finden, fand er diesen, würde alles wie von selbst gehen. Dr. Schiøtz hatte ihm im Hinblick auf sein Vorgehen ein paar gute Ratschläge mit auf den Weg gegeben, ihm gesagt, welchen Spezialisten er aufsuchen und wo in der Hierarchie sich dieser befinden sollte, und als das Taxi vor dem gigantischen Krankenhauskomplex hielt, gelang es ihm, mit Hilfe eines deutsch-litauischen Wörterbuchs, zu Dr. Lustinvas vorzudringen.

Zu Dr. Lustinvas sagte er, sein Anliegen möge ihm vielleicht etwas seltsam vorkommen, er bitte dennoch darum, in aller Gänze darlegen zu dürfen, warum er ihn aufgesucht habe. Dr. Lustinvas nickte und lud ihn damit ein zu sprechen. Er war ein Mann in den Dreißigern, gekleidet, wie Ärzte überall auf der Welt gekleidet sind, in weißem Kittel. Bjørn Hansen trug sein Anliegen vor. Nicht ein einziges Mal, während Bjørn Hansen erzählte, welche Dienste er sich von dem Arzt erhoffte, verzog dieser eine Miene. Er riß nicht erstaunt die Augen auf und zog auch nicht die Augenbrauen hoch. Auch wenn es ihm völlig widersinnig vorkommen mußte, wirkte er total unberührt, ja ziemlich gleichgültig. Ihm war es gleich. Er hörte zu, und als Bjørn Hansen fertig war, zuckte er mit den Schultern und sagte, wenn Herr Hansen dies wirklich wünsche, könne er nicht erkennen, welche ernstzunehmenden Hindernisse im Weg liegen könnten, weshalb die Sache nicht zu verwirklichen sei. Aber, fügte er hinzu, eine solche Operation sei natürlich nicht gratis, darüber wäre Herr Hansen sich doch gewiß im klaren. Das einzige, was er sich nun frage, sei, ob Herr Hansen sich auch darüber im klaren sei, daß er das Honorar bar dabeihaben müsse, er hoffe also zutiefst, daß Herr Hansen ebendies bedacht habe, als er sein Heimatland verließ, um hierherzukommen, und im voraus die notwendigen Vorkehrungen getroffen habe. Als Bjørn Hansen dies bestätigen konnte, nickte Dr. Lustinvas und gab somit zu erkennen, daß er mit seinem neuen Patienten zufrieden war. Als Bjørn Hansen jedoch die Summe erwähnte, die er zu bezahlen gedachte, fuhr Dr. Lustinvas zusammen. Hörte er richtig? War das wirklich möglich? Bot ihm dieser Mann aus dem Westen 10000 Dollar? Für fast nichts? Dr. Lustinvas wiederholte die Summe: 10000 Dollar? In bar? Bjørn Hansen bestätigte es. Dr. Lustinvas erhob sich und streckte Bjørn Hansen die Hand hin. Er war sichtlich bewegt, und auch wenn er es zu verbergen suchte, gelang es ihm nicht ganz. Dr. Lustinvas' Hand zitterte.

Nach diesem Gespräch, bei dem Bjørn Hansen einen Vorschuß von 1000 Dollar zahlte und sie in aller Ruhe das weitere Vorgehen besprachen, konnte Bjørn Hansen wieder ins Hotel Litauen und zu der Konferenz zurückkehren. Er kam gerade rechtzeitig zum Mittagessen. Niemand fand es seltsam, daß er am Vormittag weggeblieben war, denn die Nacht zuvor war ziemlich feucht verlaufen, und vor allem die litauischen Teilnehmer hießen ihn fröhlich willkommen, als er sich endlich einfand. Am restlichen Programm der Konferenz nahm er dann ohne Ausnahme teil, sowohl an den Sitzungen als auch an den Besichtigungen, den Abendessen und dem geselligen Beisammensein, stets darauf bedacht, zu verbergen, daß er mit seinen Gedanken ganz woanders war. Trank mäßig, aber das wenige, was er trank, nutzte er auf übermäßig berauschte Art aus. Nach dem festlichen Mahl im Festsaal des Hotels am letzten Abend gingen die Feiern in der Hotelbar und dem angrenzenden Raum weiter. Es war die Zeit der Verbrüderung, und Bjørn Hansen ließ sich gerne verbrüdern. Er wurde ins Hotelzimmer eines Litauers eingeladen, um die Verbrüderung mit vielen anderen zusammen fortzusetzen, etwas, was er unter normalen Umständen nicht abgelehnt hätte. Aber jetzt sagte er, er würde etwas später nachkommen, weil er erst noch ein wenig Luft schnappen wollte. Letzteres sagte er mit schiefem Lächeln und etwas undeutlicher Aussprache, damit die anderen verstanden, daß er tatsächlich jetzt frische Luft brauchte. Dann zog er seinen Mantel über, gab, wie es üblich ist, an der Rezeption den Schlüssel ab und trat in den späten Januarabend hinaus. Als er wußte, daß er außer Sichtweite des Hotels war, richtete er sich auf und lief mit festen, eleganten Schritten durch die Straßen. Es schneite. Der gleiche Schnee wie zuletzt. Schwere, weiße Schneeflocken über der sparsam erleuchteten europäischen Stadt Vilnius. Er kam zu dem Krankenhaus, wo Dr. Lustinvas auf der Treppe stand und ihn in Empfang nahm.

Er wurde in das Gebäude geführt und über Hintertreppen in ein Zimmer gebracht, in dem ein Bett stand. Es war sein Zimmer, ein Einzelzimmer. Dr. Lustinvas ließ ihn allein, damit er sich fertig machte. Er zog sich aus und hängte die Kleider in dem spartanisch möblierten Zimmer in den rechten Schrank. Dann legte er sich ins Bett. Nach einer Weile kam Dr. Lustinvas zusammen mit zwei Krankenschwestern herein. Unter Dr. Lustinvas Oberaufsicht wurde Bjørn Hansen nach den medizinischen Regeln, die für einen solchen Fall galten, bandagiert und eingegipst.

Die Besorgnis war groß, als sich Bjørn Hansen am nächsten Morgen nicht zeigte. Zum Frühstück nicht, und er war auch nicht zu sehen, als sich die norwegische Delegation in der Hotelhalle zur Abfahrt zum Flughafen versammelte. Auch sein Koffer befand sich nicht unter dem Gepäck der norwegischen Delegation, das gesammelt in der Eingangshalle stand, von einem Garderobenwächter bewacht. Eine Nachfrage an der Rezeption ergab, daß der Schlüssel, den Bjørn Hansen am Vorabend abgegeben hatte, nicht wieder abgeholt worden war. Sein Zimmer wurde aufgeschlossen und ohne ihn vorgefunden, nicht jedoch ohne seine Sachen. Der Flughafen wurde angerufen, und man ließ ihn dort ausrufen für den Fall, daß er sich aus irgendeinem dunklen Grund direkt dahinbegeben hatte, ohne sich die Mühe zu machen, vorher noch sein Gepäck zu holen. Man machte sich jetzt ernsthaft Sorgen. Der Bus zum Flughafen stand schon wartend bereit, aber Bjørn Hansen war nicht aufzutreiben. Da kam ein äußerst erregtes Mitglied der litauischen Delegation und zog den Leiter der norwegischen Delegation beiseite. Er konnte berichten, daß er soeben Nachricht aus dem Krankenhaus erhalten habe, daß Bjørn

Hansen nach einem Verkehrsunfall eingeliefert und wegen seiner Verletzungen operiert worden sei. Der Zustand sei ernst, aber nicht lebensbedrohlich.

Was nun? Das Flugzeug würde bald gehen, es war höchste Zeit, zum Flughafen zu fahren, aber konnten sie einfach abreisen und Bjørn Hansen schwer verletzt in einem litauischen Krankenhaus zurücklassen? Vielleicht sollten einer oder zwei von ihnen dableiben und ihm beistehen? Der litauische Delegationsleiter versicherte ihnen, das sei nicht nötig, zum einen würde Bjørn Hansen in der nächsten Zeit keine Freude daran haben, und zum anderen war er in den besten Händen. Für den Fall, daß Schwierigkeiten auftreten sollten, war die Botschaft in Warschau bereits informiert. Ein Botschaftssekretär würde ihn besuchen, sobald die Zeit dazu reif war. Das beruhigte die norwegische Delegation immerhin soweit, daß sie geschlossen zur festgesetzten Zeit nach Hause flog.

Bjørn Hansen blieb einige Wochen im Krankenhaus von Vilnius. Er war Dr. Lustinvas' Patient, dem sich ohne Dr. Lustinvas' Zustimmung niemand nähern durfte. Es kam vor, daß ihn Dr. Lustinvas zusammen mit anderen Ärzten besuchte, dann standen sie mitten im Zimmer, und er hörte Dr. Lustinvas gedämpft mit den anderen sprechen. Ansonsten kam Dr. Lustinvas bisweilen mit einer Gruppe Krankenschwestern zur Visite, es war eine richtige kleine Prozession, und der Besuch eines Gesandten aus dem Westen war nur ein Glied in einer umfassenden Visitenrunde. Einmal am Tag kam eine Krankenschwester vorbei, wechselte den Verband und rieb ihn gründlich mit Salbe ein. Zwei Krankenschwestern wechselten sich darin ab, es waren die gleichen, die ihn am ersten Abend bandagiert und eingegipst hatten. Sie waren jung und hübsch und pflegten ihn mit aller erdenklichen Anteilnahme. Manchmal sprachen sie litauisch mit ihm und lächelten ihm zu, wenn ihnen klar wurde, daß er kein Wort verstand. Zwischendurch kamen sie gelegentlich beide, gefolgt von Dr. Lustinvas, und er konnte hören, daß sie über ihn sprachen, sie wirkten beide traurig. Dr. Lustinvas trat mitunter an sein Bett und sah ihn besorgt an. Oder er setzte sich neben ihn, nahm seine Hand, um den Puls zu fühlen, oder hörte mit dem Stethoskop sein Herz ab. Täglich brachte er die Kurven eines Diagramms, das über seinem Bett an der Wand hing, auf den neuesten Stand.

Einmal verabreichte ihm Dr. Lustinvas eine Spritze, die ihn angenehm schläfrig machte. Kurz darauf kam Dr. Lustinvas mit einem Herrn zurück, der norwegisch sprach, wie Bjørn Hansen hörte, leider war er jedoch so schläfrig, daß er nicht ganz verstand, was derjenige sagte oder wollte. Doch anschließend erzählte ihm Dr. Lustinvas, daß es ein Sekretär der norwegischen Botschaft in Warschau gewesen sei, und er zeigte auf den primitiven Nachttisch an Bjørn Hansens Bett, auf dem Blumen und Konfekt standen. Wenn er das nächste Mal käme, ginge es Bjørn Hansen vermutlich besser, und dann würde er einen Stapel norwegischer Zeitungen und weiteren Lesestoff mitbringen.

Dr. Lustinvas behandelte ihn mit großem Respekt und

mit routinierter medizinischer Sachkenntnis. Bjørn Hansen hegte auch den Verdacht, daß er keine gewöhnliche Krankenhauskost erhielt, sondern Spezialverpflegung, denn am Essen gab es nichts auszusetzen. Dr. Lustinvas wechselte zwischen aufmunternden Worten und Mitgefühl. Am Tag, an dem er ihm die Nachricht eröffnete, das Vorgefallene sei unwiderruflich, so zu verstehen, daß er der Tatsache ins Auge sehen müsse, den Rest seines Lebens von nun an im Rollstuhl zu verbringen, schloß er Bjørn Hansens Hände dabei fest in seine. Er hatte sich dicht neben Bjørn Hansen ans Bett gesetzt, ja, er hatte den Stuhl genommen, der schon vorher am Bett gestanden hatte, und ihn so hingestellt, daß er, wenn er sich setzte, auf Augenhöhe mit seinem Patienten war. Auch an diesem Tag hatte er eine Prozession an Krankenschwestern dabei. Sie standen in einer Reihe an der Wand, während er Bjørn Hansen diese endgültige Nachricht überbrachte, und sie standen mit ernster Miene da und starrten vor sich hin, äußerst betrübt, auch die beiden, die ihn am ersten Abend in Empfang genommen und seither abwechselnd gepflegt hatten. Sie standen wie ein griechischer Klagechor im Hintergrund, wenn auch in Weiß gekleidet.

Er bekam Besuch. Zunächst von dem litauischen Delegationsleiter, der in Vilnius wohnte, und dann von dem Sekretär der norwegischen Botschaft in Warschau. Bei beiden Besuchen war Dr. Lustinvas zugegen, und als der Litauer da war, ergriff er gerne selbst das Wort, erzählte seinem Landsmann etwas in ihrer gemeinsamen Sprache, vermutlich über den Unfall und dessen Konsequenzen für seinen norwegischen Patienten. Als der Botschaftssekretär da war, sagte Dr. Lustinvas nichts, aber er war die ganze Zeit im Hintergrund dabei. Die zweite Begegnung verlief im übrigen gut, sie sprachen über dieses und jenes, und es war deutlich zu erkennen, daß der Botschaftssekretär wenig geneigt war, direkt auf den Grund von Bjørn Hansens Aufenthalt in diesem Krankenhaus in Vilnius zu sprechen zu kommen.

Er war Dr. Lustinvas' Patient, über den der Arzt eifrig wachte. Immer wieder tauchte er zwischendurch an Bjørn Hansens Bett auf, häufig allein. Dann setzte er sich hin und sah ihn an. Fragte, wie es ihm gehe und ob er an der Behandlung etwas auszusetzen habe. Dann begann er plötzlich, von sich zu erzählen. Daß er Litauer war und Katholik. Er erzählte von den litauischen Steppen, der Gegend, in der er aufgewachsen war. Daß er die Russen und den Kommunismus haßte, ihnen jedoch viel zu verdanken hatte. Ohne sie wäre er nicht Arzt geworden, sondern einer, der sich mit der Erde abmühte. Ohne sie wäre Vilnius nicht die Hauptstadt Litauens, sondern eine Stadt in Polen. Morgen ist Vilnius vielleicht wieder eine Stadt in Polen. Das hängt von den Deutschen ab. Wir sind viel umhergezogen, und wir werden weiterwandern. Vielleicht zurück an die Ufer des Dnjepr, was weiß ich. Doch wenn Deutschland Stettin und Breslau, Königsberg, Danzig und Memel wiederhaben will, dann will Polen Vilnius zurück, und wir müssen nach Osten ziehen. Aber ich werde mich durchschlagen, fügte

Dr. Lustinvas hinzu, denn Gott steht hinter mir. Das sagte er zu seinem Patienten. Diesem merkwürdigen Mann aus dem reichen Westen, der nach allen Regeln der Kunst bandagiert und eingegipst in einem Bett lag. Ein Mann, über den man weinen konnte, wenn man sich zu ihm ans Bett setzte und darüber nachdachte, was aus Sicht des Patienten vorgefallen war. Doch daran dachte Dr. Lustinvas nicht. Er war ziemlich vage, wenn er auf derlei Dinge zu sprechen kam. Er saß jedoch gerne an Bjørn Hansens Bett. Bjørn Hansen überlegte, daß die beiden hübschen Krankenschwestern eingeweiht sein mußten, sie waren Mitwisserinnen. Doch ansonsten brauchte niemand etwas zu wissen. Nur Dr. Lustinvas und zwei dunkelhaarige Schönheiten in Krankenschwesterntracht.

Dr. Lustinvas saß am Bett dieses merkwürdigen Mannes, der das Leben des Arztes verändert haben mußte. Vielleicht war das der Grund dafür, daß er so häufig kam, um in der Nähe des Mannes zu sein, der ihm ein ganz neues Leben ermöglichte, eine Zukunft, von der er vor Bjørn Hansens Ankunft nicht einmal zu träumen gewagt hatte. 10 000 Dollar waren vom Himmel gefallen, genau in Dr. Lustinvas' Hut. Ein reicher Mann, der eine verrückte Idee hatte, war in seinem Leben aufgetaucht. Dieser bandagierte und eingegipste Mann aus dem Westen war Gottes Geschenk an Dr. Lustinvas, und so behandelte der Arzt Bjørn Hansen auch. Einmal muß Dr. Lustinvas ja zur Beichte gehen, dachte Bjørn Hansen, das tut er bestimmt erst, wenn ich abgereist bin, aber wird er das Ganze dann eine Sünde nennen, derer er sich schuldig gemacht hat, oder ein Wunder, das unverdient auf seinem Lebensweg aufgetaucht ist und ihn gesegnet hat?

Und die beiden hübschen Krankenschwestern behandelten Bjørn Hansen ebenso. Mit großem Respekt und voller Anteilnahme. Eines Tages schob Dr. Lustinvas einen Rollstuhl in Bjørn Hansens Zimmer, dicht gefolgt von den beiden Krankenschwestern. Die beiden Krankenschwestern halfen Bjørn Hansen hinein, und nachdem Dr. Lustinvas ihn über den Gebrauch desselben instruiert hatte, ihm zugleich in vagen Worten gute Ratschläge erteilt hatte, wie sich ein gelähmter Mensch tatsächlich verhielt, zum einen, wenn er in einen Rollstuhl gehoben wurde, zum anderen, wenn er darin saß, schoben die beiden Krankenschwestern Bjørn Hansen in den Flur und stellten ihn auf eine überdachte Veranda. Bjørn Hansen konnte dabei feststellen, daß es in Litauen Frühling geworden war. Die Vögel sangen, und die Bäume trieben aus. Bald würde er das Krankenhaus von Vilnius verlassen. Noch eine Woche verbrachte er dort, vor allem damit beschäftigt, sich an das Sitzen im Rollstuhl zu gewöhnen, er fuhr viel durch den Flur oder saß auf der überdachten Veranda, mit einer Decke über den Knien. Wenn er dort saß, konnte Dr. Lustinvas bisweilen auftauchen, sich neben ihn setzen und ihm erzählen, was es hieß, in Litauen geboren zu sein. Er hatte ein vergilbtes Fotoalbum dabei und zeigte ihm Bilder. Von seinem Vater, dem Kolchosebauern. Von seiner Mutter, einer dicken litauischen Frau vom Lande. Von seinen drei Brüdern und seiner

Schwester. Von der Schwester bekam er ein Medaillon zu sehen, denn sie war tot, sie starb, als sie 16 war, und deshalb befand sich ihr Bild in einem Medaillon, das Dr. Lustinvas an einer Kette um den Hals trug. Er bekam Bilder von Dr. Lustinvas als Kind, als Jugendlichem, als Studenten und als frischgebackenem Arzt zu sehen. Von Frau Lustinvas und ihren zwei Kindern. Fotografiert in einer engen, mit Möbeln zugestellten Wohnung. Frau Lustinvas war ebenfalls Ärztin. Hier im Krankenhaus. Schade, daß Sie sie nicht kennengelernt haben, sagte Dr. Lustinvas. Die beiden Kinder waren 6 und 8. Alle Bilder wirkten typisch steif, gestellt. Man war beim Fotografen, auch wenn der Fotograf der Vater (der Kinder), der Mann (von Frau Lustinvas) oder der Sohn (von Vater und Mutter) war. Sogar die Einrichtungen wirkten gestellt, da sich die Gegenstände auf dem wackeligen Eßtisch stapelten, um den die Familie Lustinvas saß, außer Dr. Lustinvas, der das Foto machte. Dr. Lustinvas träumte von einer Pax Romana. Einem Frieden für die Litauer innerhalb der Mauern des neuen Deutsch-Römischen Reiches. Der der deutschen Expansion an der baltischen Küste und zur Oder-Neiße-Grenze hin Einhalt gebieten konnte, wo Polen, Litauer und Weißrussen in ewigem Frieden leben konnten. Mit den Russen als Barbaren auf der anderen Seite der neuen römischen Mauer. Dr. Lustinvas' Kinder saßen am Tisch und starrten ihn an. Frau Lustinvas starrte ihn an. Dr. Lustinvas als junger Student starrte ihn an. Er hatte den Arm um die Schulter eines Kommilitonen gelegt, und beide starrten ihn an, unergründlich. Die Großmutter Lustinvas starrte ihren Sohn an, der als frischgebackener Arzt mit einem Fotoapparat in das Dorf zurückgekehrt war, um seine Mutter abzulichten, und durch diesen hindurch starrte sie ihn an, den Mann aus dem Westen. Hinsichtlich der familiären Verhältnisse von Bjørn Hansen stellte Dr. Lustinvas keine Fragen. Er kam von der anderen Seite und hatte keine Geschichte. Er war von draußen gekommen, reich und fremd, zu Dr. Lustinvas, und hatte ihn um einen Dienst gebeten, und auf diese Weise hatte er Dr. Lustinvas' Leben verändert und saß selbst aus irgendeinem unerfindlichen Grund als Krüppel im Rollstuhl. Dr. Lustinvas hatte keine Fragen. Auch zu der reichen Welt, aus der er kam, stellte Dr. Lustinvas keine Fragen.

Dann wurde Bjørn Hansen entlassen. Er wurde in Dr. Lustinvas' Büro geschoben, wo er eine Reihe unterschriebener und gestempelter Papiere erhielt, die über seinen Aufenthalt im Krankenhaus von Vilnius im Detail Rechenschaft ablegten. Anschließen wurde er zum Flughafen gefahren. Er wurde von den beiden dunkelhaarigen Krankenschwestern in die Abflughalle geschoben. Sie gingen nebeneinander hinter dem Rollstuhl her und und hatten beide eine Hand am Griff, während sie ihn zum Einchecken an den Schalter schoben. Dann checkte ihn die eine ein, während die andere hinter dem Rollstuhl blieb und wartete. Anschließend schoben sie ihn weiter zur Paßkontrolle und in die internationale Abflughalle, immer noch nebeneinander herlaufend, wie zwei Schwestern hinter ihm. An der Paßkontrolle stand eine Stewardeß der SAS, die ihn erwartete.

Die beiden litauischen Krankenschwestern überließen dieser Frau, die nun die Verantwortung für den Weitertransport haben sollte, den Rollstuhl. Doch bevor sie ihn der Stewardeß übergaben, beugten sich beide zu ihm herunter, erst die eine, dann die andere, und umarmten ihn, wobei sie in Tränen ausbrachen.

Es kam so unerwartet, sowohl für die kühle Stewardeß der SAS, die ein wenig zurückwich, als auch für Bjørn Hansen, der jetzt in sich zusammensank und dem davor graute, durch die Paßkontrolle und über die langen Korridore zum Flugzeug geschoben zu werden. Aber auch vor dem, was noch kommen sollte. Die Stewardeß faßte in der Zwischenzeit den Griff des Rollstuhls und schob ihn durch die Paßkontrolle und durch eine Tür, die gleich wieder geschlossen wurde, und da er nach vorne schaute und sich nicht umdrehen konnte, sah er die beiden Krankenschwestern nicht mehr, die nebeneinanderstanden und zusahen, wie er hinter der automatischen Tür in seine eigene Welt verschwand, von der sie nicht einmal einen Blick erhaschen würden, bevor die Tür geschlossen wurde.

Im Flugzeug wurde er ganz nach hinten geschoben, neben einen einzelnen Sitz, der für die Besatzung reserviert war und auf den sich die gleiche Stewardeß setzte, die beim Steigflug mit einer Hand den Griff des Rollstuhls festhielt. Er schüttelte den Kopf, als sie mit den Wägelchen voller Essen und Trinken vorbeikamen, es war im übrigen »seine« Stewardeß, die für den Service in diesem Teil des Flugzeugs verantwortlich war. Er saß da und sah vor sich hin, zusammengesunken, in Gedanken vertieft. Er war auf dem Heimweg. Er hatte große Angst, eine Angst, wie er sie noch nie im Leben gehabt hatte, auch davor, daß diese Angst zur Folge haben könnte, daß er am ganzen Körper zu zittern begann. Er hatte Angst, seinen Plan nicht zu Ende führen zu können. Er befand sich irgendwo über Europa in der Luft. In einem engen, langen Flugzeugrumpf, ganz hinten. Er saß zusammengesunken in einem Rollstuhl und starrte düster vor sich hin. Als der Landeanflug begann, setzte sich die Stewardeß auf den freien Sitz neben ihm und hielt den Griff des Rollstuhls fest. In Kastrup wurde er für den letzten Teil der Reise zwischen Kopenhagen und Oslo an eine andere Stewardeß übergeben. In Fornebu übernahm das Personal eines Krankenwagens des Kongsberger Krankenhauses. Sie warteten schon auf ihn, als ihn die Stewardeß aus der Tür in die offene Wandelhalle schob, wo einem die lauten norwegischen Stimmen entgegenschlugen, wenn man aus der internationalen Ankunftshalle kam, gleich hinter dem Zoll. Zwei weißgekleidete Männer, die sich seiner sogleich annahmen.

In Norwegen war es Frühling geworden, merkte er auf dem kurzen Stück von der Ausgangstür hin zu der Stelle, an der der Krankenwagen stand. Es war Mitte April und Dienstag der Karwoche, zwei Tage vor Gründonnerstag, denn Ostern lag dieses Jahr spät. Er war acht Wochen weggewesen. Der Krankenwagen fuhr via Drammen und Hokksund nach Kongsberg. Hatte er nicht schon immer norwegische Landschaften gemocht, auch die Landschaft am Drammenselva, zwischen Drammen und Hokksund, und die zwischen Hokksund und Kongsberg, mit ihren ebenen Feldern und den steilen Bergkämmen? Die beiden weißgekleideten Männer saßen auf den vorderen Sitzen und erzählten sich gegenseitig, was sie an Ostern machen wollten, wenn sie frei hatten, während Bjørn Hansen hinten saß, in seinem Rollstuhl, zusammengesunken wie zuvor. Als sie am Kongsberger Krankenhaus ankamen, wurde er im Rollstuhl hinausgetragen und direkt zu Dr. Schiøtz geschoben, der ihn erwartete.

Dr. Schiøtz nahm ihn auf routinierte, ärztliche Weise in Empfang. Freundlich und distanziert. Im Zimmer befand sich auch eine Krankenschwester, die ihm assistierte. Sie war u. a. dabei behilflich, Bjørn Hansen vom Rollstuhl auf den Untersuchungstisch zu heben. »Meine abgestorbenen Beine«, dachte Bjørn Hansen, denk dran. Aber Dr. Schiøtz führte die Untersuchung durch, die Krankenschwester kam mit Bjørn Hansens Körper nie direkt in Berührung. Nach der Untersuchung wurde Bjørn Hansen zum Röntgen gebracht, und Dr. Schiøtz kam mit. Der Arzt machte selbst die Röntgenaufnahmen und drehte Bjørn Hansen eigenhändig auf den Bauch, ohne Hilfe, anschließend blieb er da, um auf die entwickelten Bilder zu warten, während Bjørn Hansen wieder in Dr. Schiøtz' Büro geschoben wurde. Dann war er mit der Krankenschwester allein, sie unterhielten sich jedoch nicht. Er lag mit geschlossenen Augen auf dem Bett, mit einem Laken bedeckt, bis Dr. Schiøtz mit den Röntgenaufnahmen in der Hand zurückkam. Er wirkte besorgt.

Er winkte der Krankenschwester, und gemeinsam halfen sie Bjørn Hansen vom Untersuchungstisch zurück in den Rollstuhl. »Meine abgestorbenen Beine«, dachte Bjørn Hansen. Unter dem Vorwand, sie möge ein paar Papiere holen, schickte Dr. Schiøtz die Krankenschwester hinaus, damit sie allein blieben, was die Krankenschwester verstand.

Mit sorgenvoller Miene und mit freundlicher, leiser Stimme voller Mitgefühl erzählte Dr. Schiøtz, daß die Untersuchung, die er soeben durchgeführt habe, die Diagnose, die in Vilnius gestellt worden sei und von der das Kongsberger Krankenhaus eine Kopie erhalten habe, voll und ganz bestätige. Bjørn Hansen müsse deshalb versuchen, das hier wie ein Mann zu nehmen, etwas anderes sei nicht möglich. Dr. Schiøtz wisse, wie schwer es sei, sich darauf einzustellen, daß es keinerlei Hoffnung mehr gab, aber etwas anderes bliebe ihm nicht übrig. Dr. Schiøtz habe keine Probleme damit zu verstehen, daß Bjørn Hansen jetzt in einen Zustand des Selbstmitleids verfallen könne, für Monate vielleicht. Das sei äußerst menschlich, aber er hoffe dennoch, Bjørn Hansen würde allmählich erkennen, daß das Leben weitergehen müsse und könne, mit ihm als Angehörigem einer Gesellschaft, die trotz allem ziemlich viele Mittel dafür bereitstellte, daß Behinderte ein vollwertiges Leben führen konnten.

Verzweifelt versuchte Bjørn Hansen, Augenkontakt zu dem Arzt herzustellen. Er suchte nach dem Blick dahinter. Er selbst saß mit aufgerissenen Augen da und bohrte diese in Dr. Schiøtz' Augen, in die ewig abwesenden Augen, die auch abwesend blieben und Bjørn Hansens Blick nicht an sich herankommen ließen, indem der Arzt den Blick einfach abwandte, wenn Bjørn Hansen ihn suchte. Bjørn Hansen suchte ihn. Er hörte den drogenabhängigen Arzt davon sprechen, daß die Gesellschaft alles in ihrer Macht Stehende tun werde, um Bjørn Hansen ein angenehmes Leben zu ermöglichen. Er wisse, daß Bjørn Hansen es jetzt schwer haben würde, sagte er, aber er solle in diesem Moment einfach nur wissen, daß wir anderen alles in unserer Macht Stehende tun werden, um ihm zu helfen und ihn zu stützen, und während er das sagte, richtete er die Augen auf den Mann im Rollstuhl und betrachtete ihn mit einem abwesenden, aber freundlichen Blick, der nichts verriet von dem, was sie teilten und wovon Dr. Schiøtz ihn ohne weiteres hätte befreien können. Bjørn Hansen starrte in die Augen des freundlichen Arztes, die seinen Blick mit der gleichen unerschütterlichen Freundlichkeit erwiderten. Es klopfte leise an der Tür, und die Krankenschwester kam herein und legte einen Stapel Papiere auf den Schreibtisch des Arztes, die ausgefüllt werden sollten. Dem kamen sie nach.

Er wurde in seine Wohnung gebracht. Und dort abgestellt. Er blieb allein. Bjørn Hansen saß in seiner eigenen Wohnung im Rollstuhl. Nach einiger Zeit klingelte es an der Tür, und Bjørn Hansen rollte hin, um aufzumachen. Es war nicht so einfach. Zuerst mußte er die Tür einen Spaltbreit öffnen, bevor er mit dem Rollstuhl umkehren und in die Wohnung rollen konnte, damit derjenige, der draußen stand, die Tür aufmachen und eintreten konnte. Es war die ambulante Krankenpflegerin. Eine nette Frau in den Sechzigern, die kam, um ihm zu helfen.

Sie fragte, was er zu Abend essen wolle, und als ihm nichts Bestimmtes einfiel, lächelte sie verschmitzt und sagte, dann würde sie etwas kaufen, was sie mochte. Sie kam mit einer Tüte voller Lebensmittel zurück, für die er bezahlte. Sie machte ihm Lachs mit Gurkensalat. Während er aß, ging sie durch die Wohnung und schmückte sie. Sie hatte Blumen und Osterschmuck gekauft. Gelbe Küken, die sie auf Tische und Regale verteilte. Zehn gelbe Tulpen, die sie in zwei Blumenvasen stellte, die eine auf den Wohnzimmertisch, die andere auf das Fensterbrett. Neben seinen Teller legte sie eine flammendgelbe Serviette. Jetzt könne Ostern eingeläutet werden, sagte sie. Nachdem er gegessen hatte, räumte sie seinen Teller, das Glas und sein Besteck ab und spülte alles. Dann ging sie.

Er saß im Rollstuhl in einer frisch geputzten (Mari Ann), aufgeräumten und geschmückten Wohnung. Sein Sohn war nicht da, aber er hatte einen Brief hinterlassen. Darin stand, daß er sich ein anderes Zimmer gesucht habe, da es auf diese Weise praktischer war. Es sei ohnehin nicht geplant gewesen, daß er länger als nötig bei ihm wohnen sollte, sondern nur so lange, bis er sich ein anderes Zimmer gesucht hatte. Jetzt hatte er eins gefunden, in der Nähe des Stadtkerns, im Souterrain einer Villa, wo er eine Einzimmerwohnung mit separatem Eingang hatte. Er käme im übrigen einen Tag an Ostern vorbei, um ihn zu besuchen, da er nicht verreisen, sondern im Gegenteil zu Hause bleiben und lernen wolle. Beste Grüße von Peter.

Über Ostern kam täglich eine ambulante Pflegerin vorbei, kochte ihm etwas zu essen und half ihm bei allem, was er brauchte, in der Osterzeit wechselten sich zwei Pflegerinnen ab, nach den Feiertagen würde er noch weitere Pflegerinnen kennenlernen. Sie hatten einen Schlüssel erhalten und schlossen sich selbst auf. Noch bevor Ostern vorbei war, insistierten sie darauf, daß Bjørn Hansen versuchte, sich am Kochen zu beteiligen, das sei am besten so, sagten sie, man müsse versuchen, soviel wie möglich selbst zu machen, zu seinem eigenen Besten, unabhängig zu sein sei eine Quelle der Lebensbejahung, sagten sie.

Eines Tages klingelte es an der Tür. Zweimal, aber Bjørn Hansen machte nicht auf. Aus irgendeinem Grund hatte er sich in den Kopf gesetzt, daß es Turid Lammers sei, und sie wollte er nicht sehen. Er hatte sie in den fünf Jahren, die seit seinem Auszug aus der Lammersschen Villa vergangen waren, nicht mehr gesehen, außer ein paarmal aus der Ferne, und dann war er umgekehrt oder hatte einen Umweg genommen. Sie hatte ihn auch nie aufgesucht, dennoch kam ihm der Gedanke, daß es Turid Lammers sein könnte, als es an der Tür klingelte. Sie war sicher von einem inneren Drang getrieben, mit eigenen Augen zu sehen, wie er im Rollstuhl saß. Dann könnten sie sich versöhnen, sie mit ihrem Mitleid und er mit seiner Läuterung. Er würde alles in seiner Macht Stehende tun, um nicht gesehen zu werden und um in dem äußeren Zustand, in dem er sich jetzt befand, nicht mit Turid Lammers sprechen zu müssen. Es mußte aber nicht Turid Lammers sein, die an der Tür klingelte. Es konnte z. B. auch Herman Busk sein. Aber auch ihm wollte er nicht aufmachen. Nicht jetzt. Noch nicht.

Herman Busk war es jedoch nicht gewesen. Er rief kurz nach Ostern an, er war zu der Zeit verreist gewesen. Er wollte gerne vorbeikommen und Bjørn Hansen sehen, aber Bjørn Hansen sagte, was stimmte, daß er es noch nicht ertrage, er müsse erst stärker werden, und das verstand Herman Busk. Doch nach einer Woche rief er wieder an und in der nun folgenden Zeit etwa einmal pro Woche. Bjørn Hansen weigerte sich jedoch, ihn zu treffen, und das aus ganz anderen Gründen, deretwegen er vermeiden wollte, von Turid Lammers gesehen zu werden.

Einige Zeit nach Ostern rollte er durch die Straßen zum Rathaus, in dem sich die Kämmerei befand. Er hatte keinerlei Probleme, im Rollstuhl durch die Kongsberger Straßen zu kommen, weder physisch noch psychisch, er grüßte ein paar entfernte Bekannte, und sie grüßten so natürlich wie möglich zurück. Im Rathaus kam er bis ins Erdgeschoß, nicht jedoch in den ersten Stock, in dem die Kämmerei untergebracht war. Anstatt die Strapazen auf sich zu nehmen und den Rollstuhl mit ihm ins erste Stockwerk zu tragen, kamen seine Mitarbeiter ins Erdgeschoß, wo er sich hinter die Informationstheke bugsiert hatte. Dort bekam er Kaffee und sogar Brötchen und Kaffeestückchen, die der Jüngste in aller Eile noch besorgen mußte. Sie sagten, er sähe gut aus.

Als er sich gerade verabschieden und wieder auf die

Straße rollen wollte, kam der Stadtrat, und sie unterhielten sich noch ein wenig, während seine Mitarbeiter aus der Kämmerei zu ihrer Arbeit zurückkehrten. Nach einigen Floskeln, mit denen sich der Stadtrat interessiert danach erkundigte, wie es um seine gute Stimmung bestellt sei (ich habe mich hier im Rathaus doch verflucht noch mal nicht durch eine besonders gute Stimmung ausgezeichnet, dachte Bjørn Hansen grimmig), kam er zur Sache. Was denn geschehen solle, wenn die Zeit der Krankschreibung ihrem Ende entgegenging. Der Stadtrat ging davon aus, daß Bjørn Hansen dann Invalidenrente beantragen würde, so daß man bereits jetzt Maßnahmen zur Einstellung des neuen Kämmerers ergreifen könnte. Nach Ansicht des Stadtrats bot sich Jorunn Meck als äußerst interessante Kandidatin an, was Bjørn Hansen dazu meinte? Bjørn Hansen war sprachlos. Er hatte nicht die Absicht gehabt, als Kämmerer aufzuhören, ja er war selbstverständlich davon ausgegangen, daß er weitermachen würde wie zuvor, dem stand schließlich nichts anderes im Wege als ein paar praktische Vorkehrungen, die ihm ermöglichten, vom Erdgeschoß in die erste Etage zu gelangen. Für den Stadtrat schien es jedoch nahezu indiskutabel, daß Bjørn Hansen als Kämmerer weitermachte, weil er Invalide war. Er war allerdings der Meinung, daß sein Kontakt zum Rathaus nicht ganz abbrechen müsse. »Wir würden Ihre Expertise als Sachverständiger gerne weiterhin nutzen«, sagte er. Und Bjørn Hansen sagte nichts. Wäre er wirklich Invalide gewesen, hätte er lauthals protestiert, nicht so jetzt, ihm fehlte dazu die Kraft. Ein wenig benommen rollte er aus dem Rathaus und durch die Straßen zu seiner Wohnung auf der anderen Seite der Brücke.

Zu Hause. In seiner eigenen Wohnung. In einem Rollstuhl. Der ehemalige Kämmerer von Kongsberg. 51 Jahre alt. Die Tage vergehen. Die Zeit verging. Die ambulante Krankenpflege war sehr zufrieden mit ihm. Er sei positiv. Er zeige großen Willen, die kleinen Probleme des Alltags selbst zu meistern, und innerhalb erstaunlich kurzer Zeit sei er imstande gewesen, selbst einzukaufen, selbst zu kochen, zu spülen, seine Kleider zu waschen (abgesehen von unhandlichen Wäschestücken wie Bettwäsche und dergleichen). Für die ambulante Pflege blieb nur noch das Putzen (Mari Ann hatte aufgehört, sie war jetzt Abiturientin) und die größere Wäsche, die einer Haushaltshilfe übertragen wurde, welche einmal pro Woche kam. Einmal am Tag hingegen kam die ambulante Pflegerin zu Besuch. Um nach ihm zu schauen, falls er Hilfe bräuchte, was vorkommen könnte. Zum Beispiel wenn er ein Buch aus den oberen Regalen haben wollte. Oder wenn etwas passierte, das ihn in eine hilflose Situation brachte. Die Tage vergingen. Die Zeit vergeht. Der Höhepunkt des Tages war der Ausflug zum Supermarkt zum Einkaufen. Zunächst die mühsame Operation, sich durch die Tür der Wohnung zu bugsieren. Dann hinein in den Fahrstuhl und anschließend wieder hinaus. Dann mußte er die Haustür passieren und über die Straßen zum Supermarkt gleiten. Dort war es kühl, und der Boden war eben und angenehm zu befahren. Vormittags war es nicht sehr voll, und er befand sich fast allein zwischen den ganzen Warenbergen. Wie auf einer Straße rollte er zwischen ihnen hindurch, riesigen Ansammlungen an beispielsweise Zahnpastatuben, Waschpulver, Apfelsinen, Salami, Käse, Milch, grünen Äpfeln, roten Äpfeln, Hamburgern, zu beiden Seiten der Straße. Er ließ sich viel Zeit, ja er brauchte gerne über eine Stunde, rollte auf den Straßen des Supermarkts vor und zurück und zog heraus, was er brauchte. Er wurde schnell mit dem Personal bekannt, mit den Damen an der Kasse wie auch mit denen, die durch den Laden liefen und die Regale mit immer neuen Tomaten, Frikadellen, Sahnebechern, Weichspülern auffüllten. Er hatte den Eindruck, sie würden ihn mögen. Er war eine Art würdevoller Invalide. Weder aufdringlich laut noch fröhlich. Nicht in Leid versunken. Sondern freundlich und resigniert in seinem Verhalten.

Es kam auch vor, daß er zum Lågen hinunterrollte und über den Fluß schaute. Oder er rollte durch die Straßen der Stadt. Dann plauderte er häufig mit alten Bekannten, die alle erleichtert schienen, daß er sein Schicksal derart ruhig hinnahm. War er davon peinlich berührt? Nein, er betrachtete ihre Reaktionen von ganz weit weg. Desgleichen, als sein Sohn kurz nach Ostern zu Besuch kam. Klingelte es an der Tür, machte er jetzt auf. Daß Turid Lammers draußen stehen sollte, erschien ihm nun ziemlich unrealistisch. Und Hermann Busk würde auch nicht kommen. Mit ihm telefonierte Bjørn Hansen. Dann konnte er das Gespräch abbrechen, falls Dinge in ihm hochkamen, die zur Folge hatten, daß er nicht länger telefonieren wollte. Vor der Tür konnte ein Losverkäufer stehen, ein Kind. Oder die ambulante Krankenpflegerin, eine von drei Frauen, oder die Haushaltshilfe, ein Schwarzer in den Dreißigern, der einmal pro Woche kam. Fürchtete er, entdeckt zu werden? Keineswegs. Dafür war sein Fall viel zu unglaublich. Er brauchte, wenn die Krankenpflegerin zu Besuch war, nicht länger angespannt dazusitzen und sich ständig zu fragen, ob er sich jederzeit richtig verhielt. Selbst wenn er eifrig oder unvorsichtig sein sollte, Bewegungen machte, die, wie eine ausgebildete Krankenpflegerin wußte, dem widersprachen, was einem Mann, der von den Hüften abwärts gelähmt war, an Bewegungen möglich war, würde sie es nicht registrieren. Denn die Möglichkeit, daß er dies tun könnte, existierte für sie nicht, so daß sie, auch wenn sie etwas sehen würde, es nicht wirklich sehen würde. Ja, auch wenn er sich im Rollstuhl halb aufrichten würde, um nach einem Buch im Regal zu greifen, würde sie ihren eigenen Augen nicht trauen. Da war er ganz sicher.

Dr. Schiøtz war es, der hinter den Vorkehrungen stand, die ihn jetzt ein Leben ohne die geringste Angst vor einer Entlarvung führen ließen. Er war es gewesen, der ihm erklärt hatte, er habe nichts zu befürchten, nicht einmal bei der ersten Untersuchung im Krankenhaus, als Dr. Schiøtz ruhig und kaltblütig eine Krankenschwester hatte assistieren lassen. Die Krankenschwester hatte auch nicht den geringsten Verdacht gehegt, obwohl sie daran beteiligt gewesen war, den Kämmerer der Stadt aus dem Rollstuhl auf den Untersuchungstisch zu heben, und auch wenn Bjørn

Hansen sich dabei intensiv darauf konzentriert hatte, den Gelähmten zu simulieren, war er dennoch ein Amateur auf diesem Gebiet und hätte von dem scharfen Blick einer Krankenschwester leicht entlarvt werden können, wenn dieser in einer solchen Situation innerhalb der Grenzen der Wirklichkeit gewesen wäre, aber das Geheimnis war ja gerade, daß dem nicht so war.

Dr. Schiøtz war es gewesen, der alles arrangiert hatte, Bjørn Hansen war der Schauspieler, der die Simulationen vorführte, jedoch nach Dr. Schiøtz' Anweisungen und seiner überzeugenden Interpretation. Aber die wichtigsten Vorkehrungen des Arztes waren dennoch die, die er vornahm, um zu verhindern, daß Bjørn Hansen in Kontakt mit Personen kam, die in der Lage wären, ihn zu entlarven. Andere Ärzte, ohne daß Dr. Schiøtz zugegen war, Ergotherapeuten und Physiotherapeuten. Mit anderen Worten, zu verhindern, daß Bjørn Hansen einen Rekonvaleszenzaufenthalt erhielt, eine Rehabilitationsmaßnahme bekam oder sachkundige Trainingsprogramme. Das Sunnaas-Krankenhaus stellte eine Bedrohung dar, und es war ausschließlich Dr. Schiøtz' Autorität zu verdanken, daß Bjørn Hansen keine Bekanntschaft mit ihm schloß. Dr. Schiøtz verwies darauf, daß es nicht nötig sei, den Patienten dorthin zu schicken, ein Trainingsprogramm zu Hause wäre eine ebenso effektive und weit kostengünstigere Lösung, was bestechend logisch war. Um zu verhindern, daß ein Kongsberger Physiotherapeut Bjørn Hansen behandelte, mußte Dr. Schiøtz jedoch ein wenig tricksen, hatte er gesagt, aber es würde schon gutgehen und nicht entdeckt werden, es sei denn die ganze Sache würde aus anderen Gründen aufgerollt.

Bjørn Hansen saß im Rollstuhl. In seiner Wohnung. Rollte durch die Wohnung und ließ die Zeit vergehen. Freute sich auf den strapaziösen Ausflug in die kühlen Räume und Straßen des Supermarkts. Er konnte sich nicht beklagen. Das wäre auch noch schöner. Das hier war sein Plan gewesen, der umgesetzt worden war. Doch im Grunde war er Dr. Schiøtz' Werk.

Mit nicht geringem Unbehagen begann er sich selbst als ein von Dr. Schiøtz signiertes Werk zu sehen. Bjørn Hansen mußte sich eingestehen, daß Dr. Schiøtz ihn wissend und in vollem Bewußtsein für immer an den Rollstuhl gefesselt hatte. Er hätte es verhindern können (als Bjørn Hansen zu ihm geschickt wurde, im Rollstuhl aus Vilnius, ins Kongsberger Krankenhaus, am Dienstag der Karwoche, da hätte er, als die beiden allein waren, sagen können: Nein, hier ist Schluß, und dann hätte Bjørn Hansen nicht weitergehen können), aber er tat es nicht. Ganz im Gegenteil, er trieb es unerbittlich voran. In einer unerträglichen Atmosphäre (»gefährliches Spiel«) hatte er die letzte Reise auf die andere Seite inszeniert, von wo aus es kein Zurück mehr gab, außer mit katastrophalen Folgen für sie beide (und Dr. Lustinvas). Bis zu diesem Punkt wären sie beide straffrei ausgegangen (nicht jedoch Dr. Lustinvas). Dr. Schiøtz, weil er Bjørn Hansen der Simulation überführt hätte und außerdem keine Spur zu ihm führen würde (falls Bjørn Hansen dies behaupten sollte, eine hypothetische Möglichkeit), und Bjørn Hansen, weil er offensichtlich verrückt geworden war und folglich sofort krankgeschrieben werden mußte und in psychiatrische Behandlung gehörte, bevor er seine Stelle als Kongsberger Kämmerer wieder aufnehmen könnte. Statt dessen hatte Dr. Schiøtz den Plan gnadenlos durchgezogen, ohne Bjørn Hansen auch nur ein einziges Mal zu fragen, ob er dies wirklich wünschte, in den Sekunden, bevor es ernst wurde, fürs ganze Leben. Es schien, als fürchtete Dr. Schiøtz, daß Bjørn Hansen, der ja im Rollstuhl saß und wußte, daß er dort bleiben sollte, obwohl er dies eigentlich gar nicht bräuchte, es aber mußte, wenn er diesen kleinen letzten Schritt machen wollte, ohne aufzuschreien und doch in seinem eigenen Namen, in letzter Sekunde ein Geschrei erheben würde, bevor dieses sinnlose und gefährliche Spiel ernst wurde. Welche Motive mochte Dr. Schiøtz haben? Von welchen Kräften wurde er getrieben?

Warum hatte Dr. Schiøtz das Ganze durchgezogen? Welche innerliche Freude konnte er daran haben, einen gesunden Mann auf diese Weise an den Rollstuhl zu binden? Es war zumindest nicht die, ihn darin sitzen zu sehen, denn Anfang September konnte Bjørn Hansen konstatieren, daß er Dr. Schiøtz seit der »Untersuchung« im Kongsberger Krankenhaus vor fünf Monaten nicht mehr gesehen hatte. Er hatte zunächst gedacht, der Grund dafür sei, daß Dr. Schiøtz das Risiko scheute, ihn aufzusuchen, weil jemand, zum Beispiel die ambulante Pflegerin, sie dann zusammen »überraschen« könnte, aber was hätte das gemacht? Daß ein Arzt einen seiner Patienten besuchte, welchen Verdacht sollte das nach sich ziehen? Überhaupt keinen, jedenfalls nicht, wenn sie nur ein einziges Mal »überrascht« worden wären, was nicht sehr wahrscheinlich war, auch wenn Dr. Schiøtz Bjørn Hansen oft und regelmäßig besucht hätte. Aber Dr. Schiøtz hatte angerufen. Er hatte mit dem Arzt telefoniert. Dreimal im Verlauf der letzten zwei Monate. Er war dann der fürsorgliche Arzt gewesen, der anrief, um ihn aufzumuntern. Er hatte mit sanfter Stimme gefragt, wie es ihm ginge, und ihn gelobt, als Bjørn Hansen sagte, »das Leben müsse weitergehen«. Er hatte ihm im Hinblick auf den Aufbau solider Armkraft gute Ratschläge erteilt, denn die Arme müßten ja jetzt vieles von dem, was Arme und Beine früher leicht und funktional zusammen erledigt hatten, alleine leisten. Zum Schluß hatte er sich nach praktischen Dingen erkundigt, wie, ob Bjørn Hansen auf Anraten des Stadtrats eine Invalidenrente beantragt hatte, und er hatte gefragt, ob Bjørn Hansen die Versicherungssumme erhalten habe, die ihm zustand. Bei letzterem ging es nicht um eine größere Summe, sondern lediglich um 160 000 Kronen, und zwar in Form einer gewöhnlichen Reiseversicherung. Doch indem er sich danach erkundigte, und das tat Dr. Schiøtz alle drei Male, die er anrief, deutete Dr. Schiøtz auf das hin, was Bjørn Hansen so schicksalhaft an ihn band, und umgekehrt, denn es war Teil der Absprache zwischen ihnen, daß Dr. Schiøtz die Hälfte der Versicherungssumme erhalten sollte. Ja, zu einem bestimmten Zeitpunkt der Planung hatten sie darüber gesprochen, ob Bjørn Hansen eine größere Police unterzeichnen sollte, hatten dies aber verworfen, denn es wäre zu riskant gewesen, eine solche Police so kurz vor dem Ereignis abzuschließen, das die Versicherung tatsächlich abdecken sollte. Doch indem er auf diese bescheidene Reiseversicherung verwies, und das alle drei Male, hatte Dr. Schiøtz ihm heimlich ein Zeichen gegeben, daß er ihn nicht »vergessen« oder ihren gemeinsamen Plan verdrängt hatte, der ja jetzt verwirklicht worden war, sondern daß er sich ihm immer noch verpflichtet fühlte, was Bjørn Hansen erleichtert vernahm.

Anfang September teilte ihm die Versicherungsgesellschaft mit, daß das Geld ausbezahlt und auf sein Bankkonto überwiesen worden sei. Er bat die ambulante Pflegerin, 20 000 Kronen für ihn abzuheben. Ein paar Tage später nahm er Kontakt zu seinem Sohn auf und bat ihn, 25 000 Kronen für ihn abzuheben, davon gab er dem Sohn 5000 Kronen, worüber dieser sich sehr freute. Er traf seinen Sohn vor der Kongsberger Ingenieurhochschule, auf dem offenen Platz, der in kräftige Herbstsonne getaucht war, er saß im Rollstuhl, eine Decke über den Knien, und überreichte dem Sohn 5000 Kronen, bevor er wieder nach Hause rollte. Er rief Dr. Schiøtz im Krankenhaus an. Im Verlauf des Gesprächs erwähnte er, daß das Versicherungsgeld gekommen sei. Anschließend steckte er 40 000 Kronen in einen Briefumschlag und wartete. Am gleichen Abend schon kam Dr. Schiøtz vorbei.

Bjørn Hansen empfing den Arzt im Rollstuhl, er öffnete ihm auf seine mühsame Art die Tür und rollte vor ihm ins Wohnzimmer. Dr. Schiøtz begegnete seinem eigenen Werk, das zugleich Bjørn Hansens freiwilliger Plan war. Das Treffen endete für Bjørn Hansen mit Entsetzen, denn nachdem Dr. Schiøtz gegangen war, blieb Bjørn Hansen völlig isoliert zurück, mit einem Bild von sich selbst, das ihm wirklich einen Stich versetzte. Zunächst war er enttäuscht gewesen, weil sein Versuch, zu dem Arzt Kontakt aufzunehmen, abgewiesen worden war. Jegliche Aufforderung zu beiderseitigem Einvernehmen wurde überhört. Dr. Schiøtz war in einem schwachen Drogenrausch und nur am Geld interessiert. Das, was Bjørn Hansen als formelle Bestätigung des Paktes zwischen ihnen aufgefaßt hatte, dahin gehend, daß Bjørn Hansen, indem er Dr. Schiøtz diesen Briefumschlag gab, seinen Verpflichtungen nachkam, und Dr. Schiøtz, indem er ihn entgegennahm, bestätigte, daß er seinerseits diese Verpflichtungen eingegangen war, so daß die Übergabe des Geldes als symbolische Handlung anzusehen war, die sie beide noch stärker aneinanderband, das alles war für Dr. Schiøtz nicht existent, für ihn war das Geld die Hauptsache und der einzige Grund, weswegen er jetzt hier war. Er unterstrich dies durch sein Verhalten. Er sah sich rastlos um, und sein Gesicht leuchtete auf, als er den Briefumschlag erblickte, den Bjørn Hansen auf die Anrichte gelegt hatte, wo sonst nichts lag. »Ist das …?« fragte er, und als Bjørn Hansen nickte, nahm er den Briefumschlag an sich. Er steckte ihn in die Innentasche und sah auf die Uhr. »Tut mir leid«, sagte er, »aber ich muß jetzt gehen. Ich habe einen wichtigen Termin.« Bjørn Hansen sah ihn an, und in diesem Augenblick wurde er von Entsetzen gepackt.

Denn es stimmte nicht. Das hier war nur ein Spiel. Es war nicht des Geldes wegen. Die ganze Zeit über hatte sich Dr. Schiøtz mit dem Geld, das er haben wollte, gewissermaßen entzogen, von Anfang an. Damals hatte der Arzt gesagt, als Voraussetzung für seine Beteiligung wolle er die Hälfte der Versicherungssumme haben. Doch kurz darauf hatte er selbst die Idee, eine lukrative Versicherung abzuschließen, verworfen, weil es zu riskant wäre. Aber wäre es das gewesen? Bjørn Hansen glaubte es nicht, jedenfalls wäre das Risiko nicht sehr groß gewesen. Wie dem auch sei, Dr. Schiøtz war nicht bereit, irgendein Risiko auf sich zu nehmen, um, sagen wir, eine Million direkt in die Tasche stecken zu können. Aber für läppische 80 000 schreitet er ans Werk. Und ist äußerst eifrig darauf bedacht, das Geld zu kassieren. Ruft dreimal an und fragt, ob es gekommen sei. Und als es gekommen ist, kommt er sofort. Da stimmte etwas nicht, überhaupt nicht. Er versuchte Bjørn Hansen weiszumachen, er habe es des Geldes wegen getan? Für 80 000 Kronen. Was waren 80 000 Kronen für Dr. Schiøtz? Nichts. Wohl war er drogensüchtig, aber Drogen besorgte er sich im Krankenhaus, gratis. Er hatte genug Geld und überdies noch nie in all den Jahren, die Bjørn Hansen ihn jetzt kannte, gierig oder geizig gewirkt. Warum versuchte er jetzt, Bjørn Hansen weiszumachen, daß er genau das wäre, daß er fast alles tun würde, für 80 000 Kronen?

Dr. Schiøtz suchte nach einem Motiv, mit dem er leben konnte, das war die einzige Erklärung, die Bjørn Hansen sehen konnte. Damit leben, vor sich selbst und vor Bjørn

Hansen. Aber auch, und das in letzter Instanz, als das Entscheidende, vermutete Bjørn Hansen, damit leben, falls er fallen sollte und am Ende wäre, wenn das Ganze also irgendwie aufgedeckt würde. Und es gab jetzt nur noch eine Möglichkeit, wie es aufgedeckt werden könnte, und das war, daß entweder Bjørn Hansen »schwach wurde« oder Dr. Schiøtz. Dann brauchte er ein Motiv, um erklären zu können, was er getan hatte. Dann konnte er sagen, daß er es des Geldes wegen getan hatte, und Bjørn Hansen könnte es bestätigen, denn ihm war Dr. Schiøtz' Verhalten aufgefallen, daß dieser sofort kam, nachdem Bjørn Hansen das Geld besorgt hatte, und daß es das einzige war, was er im Kopf hatte. Das Motiv war Gier, ökonomischer Gewinn. Das würde die Gesellschaft selbstverständlich schlucken, denn es war so schäbig, daß kein Mensch auf die Idee käme, dies zuzugeben, wenn er nicht dazu gezwungen wurde. Aber dieses schäbige und unwahre Motiv wollte Dr. Schiøtz unbedingt vorbringen, um jeden Preis. Würde Dr. Schiøtz entlarvt, wäre er fertig, er wäre am Ende, und das wußte Dr. Schiøtz auch, wenn er jetzt darüber nachdachte. Dennoch war es für diesen Mann notwendig, wenn er sich vorstellte, daß er fertig war, am Ende, entlarvt, zu sich sagen zu können, er habe es des Geldes wegen getan. Dafür brauchte er Bjørn Hansen jetzt. Damit er sein vermeintliches Motiv bestätigen konnte, im Anschluß an eine gedachte Entlarvung, und das bedeutete ihm so viel, daß er bereit war, das Risiko, entlarvt zu werden, zu erhöhen. Denn die Chance, daß Bjørn Hansen »schwach wurde«, war ja nun beträchtlich gestiegen, nachdem ihm, aus Dr. Schiøtz' Sicht, aufgegangen sein mußte, daß Dr. Schiøtz kein Verbündeter war, den zu decken es seine moralische Pflicht war, weshalb er natürlich nicht »schwach werden« durfte, denn dann wäre sein Verbündeter am Ende, sondern einer, der mitmachte, weil er dafür bezahlt wurde, auch wenn er dem Plan gegenüber eine gewisse intellektuelle Neugier gehegt haben könnte, vermutete Bjørn Hansen, würde Dr. Schiøtz denken, daß Bjørn Hansen jetzt dachte. Aber warum war es für ihn so wichtig? Das konnte nichts anderes bedeuten, als daß Dr. Schiøtz den Lichtstrahl nicht auf seine eigentlichen Motive gelenkt haben wollte. Er hatte es des Geldes wegen getan. Nicht weil er … Tja, was waren Dr. Schiøtz' Motive!?

Das konnte er nicht wissen. Aber er wußte, daß sie dergestalt waren, daß Dr. Schiøtz sich nicht zu ihnen bekennen konnte. Er kann sich dazu bekennen, falls es notwendig werden sollte, Bjørn Hansen für Geld in den Rollstuhl geschickt zu haben, weil dieser es wollte. Nicht jedoch für etwas anderes, und das war der Moment, in dem Bjørn Hansen das Schreckliche an dieser Handlung klar wurde. Wer war er, Bjørn Hansen? Der (freiwillig) im Rollstuhl saß? Was war so grausam daran, daß Dr. Schiøtz, sein Verbündeter, lieber als schäbiger und gieriger Mensch verurteilt werden wollte, als den Lichtstrahl auf das zu richten, was das Ganze eigentlich für ihn bedeutete.

»Es ist erst die Hälfte«, sagte Bjørn Hansen, matt. »Es sind 40 000, nicht 80 000. Ich habe mich nicht getraut, mehr abzuheben. Nicht dieses Mal. Den Rest bekommen Sie in einem halben Jahr.« Der Arzt sah ihn an und nickte. »Ist in Ordnung«, sagte er. Er trat von einem Fuß auf den anderen, er wollte weiter. Bjørn Hansen machte eine bedauernde Handbewegung. »Dann sagen wir heute in sechs Monaten. Gleicher Ort, gleiche Zeit.« Dr. Schiøtz nickte. Er verabschiedete sich schnell und machte keinerlei Versuch, fürsorglicher Arzt auf Patientenbesuch zu sein.

Nachdem Dr. Schiøtz gegangen war, war Bjørn Hansen allein zurückgeblieben. Er hatte Angst vor seinem Schicksal. Er war ganz allein und doch das Werk eines anderen. Er war das Werk eines anderen, aber der andere wagte nicht, mit seinem Werk konfrontiert zu werden, nicht vor den Augen anderer, und nicht vor seinen eigenen Augen. Was hatte er getan? Was war so schrecklich daran, daß sich sogar Dr. Schiøtz eine Rückzugsmöglichkeit vor der Anschuldigung sichern mußte, er sei an Bjørn Hansens Plan beteiligt gewesen? Was war so erschreckend daran, daß Bjørn Hansen freiwillig im Rollstuhl saß und Dr. Schiøtz daran beteiligt gewesen war? Für den Arzt selbst? Waren es seine Motive, oder war es die eigentliche Handlung? Waren es Dr. Schiøtz' Beweggründe, oder war es das Schreckliche daran, daß Bjørn Hansen aus freien Stücken im Rollstuhl saß? Die Beweggründe für seine Mitwirkung mußten ja mit Bjørn Hansens eigenen verwandt sein, obwohl zwischen mitwirken, daß sich ein anderer in diese Situation begibt, und dieser andere zu sein, ein Unterschied bestand, dachte Bjørn Hansen. Über seine eigenen Motive dachte er nicht länger nach. Er konnte sich nicht mehr daran erinnern, warum er von dieser Idee so besessen gewesen war. Er wußte, daß er es gewesen war, aber er konnte nicht länger sagen, warum. Er saß da und versuchte sich zurückzuerinnern, den Faden zu finden, der dazu geführt hatte, daß er es tatsächlich durchgeführt hatte. Es kann jedenfalls nicht das Leben als Rollstuhlfahrer gewesen sein, das ihn fasziniert hatte. Es konnte auch nicht der Gedanke gewesen sein, im Rollstuhl zu sitzen, sich als Gelähmten auszugeben, ohne es zu sein, und auf diese Weise alle an der Nase herumzuführen. Der Gedanke, die Gesellschaft, Freunde, Bekannte, seinen eigenen Sohn zum Narren zu halten, übte nicht die unwiderstehliche Faszination auf ihn aus, die ihn dazu hätte antreiben können. Aber was war es dann? Er wußte es nicht. Doch er hatte es getan. Und wenn er darüber nachdachte, daß er es getan hatte, und sich an den wahnsinnigen Drang erinnerte, den er damals verspürt hatte, als sich die Idee in ihm gefestigt hatte, konnte er feststellen, daß er in seinem tiefsten Innern eine tiefe Zufriedenheit verspürte, diese Handlung nun tatsächlich begangen zu haben, daß sie eine vollendete Tatsache war, und diese tiefe Zufriedenheit stimmte mit der Faszination überein, die er beim Gedanken daran, daß es möglich war, diese Handlung durchzuführen, verspürt hatte, gleich einem Echo, einer eindringlichen Bestätigung, einem Zusammenhang, einem Fluß, der endlich zu seinem Lauf gefunden hatte und jetzt ruhig dahinfloß, verborgen, in seinem Inneren. Es bereitete ihm keinerlei Probleme, alle Vorstellungen und Ideen, die er gehabt hatte und die er noch haben würde, die eine vernünftige oder löbliche Begründung dafür bieten konnten, zu durchleuchten, denn eine solche Begründung gab es nicht. Jedesmal, wenn er es versucht hatte, durchleuchtete er sie nach einiger Zeit. Unbarmherzig. Diese Handlung »eine Tat« oder »eine Rebellion« oder »eine Herausforderung« zu nennen kam ihm aufgeblasen und lächerlich vor. Auch konnte er das Großartige daran nicht erkennen, daß es ihm gelang, die Leute an der Nase herumzuführen und glauben zu machen, er sei gelähmt und müsse im Rollstuhl sitzen, wo ihm in Wirklichkeit überhaupt nichts fehlte (außer am Magen, der sich immer noch bemerkbar machte, und an den Zähnen, die noch immer schmerzten), es war eigentlich nur dumm, ja peinlich, vor allem im Hinblick darauf, daß er die Geldmittel der Gesellschaft beanspruchte und die Leute im Gesundheitswesen, häufig warmherzige, oft idealistische Menschen, einem Scherz aussetzte, der ihm im Grunde nur einen unangenehmen, fast üblen Geschmack im Mund verursachte. Dennoch erfüllte ihn etwas daran, daß er diese Handlung durchgeführt hatte, mit einer feuchten, dunklen Ruhe. Das wollte und konnte er nicht leugnen, obwohl sie nicht verstummte oder aufhörte, auch wenn Dr. Schiøtz' Entsetzen über die gleiche Handlung auch ihn entsetzte, zusätzlich dazu, daß er auch noch einsehen mußte, daß er jetzt ganz allein den Anblick dieser Handlung ertragen mußte, die ihm einen Einblick ermöglicht hatte, und zwar auf ganz grundlegende Art, in das, was sich hinter dem Begriff »ins Verderben geführt werden«, und noch dazu mit offenen Augen, verbarg, wie er dort in stummer Einsamkeit saß.

Ja, das Treffen mit Dr. Schiøtz hatte ihm einen Stich versetzt. Er war damit jetzt wirklich allein. In seiner Wohnung. Tag und Nacht. Doch dann klingelte das Telefon. Es war Herman Busk. Bjørn Hansen war erfreut. Vielleicht hörte es Herman Busk, denn er lud Bjørn Hansen sogleich für Sonntag zum Essen ein, eine Einladung, die dieser gerne annahm. Er hatte Herman Busk seit dem »Unfall« nicht mehr gesehen, er hatte sich bisher geweigert, obwohl Herman Busk oft angedeutet hatte, daß sie sich jetzt einmal sehen sollten und nicht nur miteinander telefonieren. Aber nun hatte er ja gesagt.

Herman Busk holte ihn am Sonntag ab. Kam zu ihm in die Wohnung, und zusammen verließen sie diese, fuhren mit dem Fahrstuhl ins Erdgeschoß und hinaus auf die Straße. Herman Busk schob ihn über die Straßen und Wege zu seiner Villa in einer der alten Villengegenden Kongsbergs. Es war ein herrlicher Herbsttag mit Sonne und Bäumen, deren Laub eine intensive Glut angenommen hatte. Ein etwas strenger Wind, der auf Bjørn Hansen, der im Rollstuhl saß und von seinem Freund Herman Busk geschoben wurde, belebende Wirkung hatte. Auch Herman Busk wirkte frohgemut, ja fröhlich. Er redete munter und leicht wie selten, während er den Rollstuhl schob. Sie erreichten die Villa des Zahnarztes Busk, und Herman Busk schob ihn vorsichtig über den Kiesweg in der Einfahrt. Er bugsierte ihn die Treppen hinauf, vorsichtig und ruckweise, und sie gelangten in die Diele. Dort kam Frau Berit und hieß ihn willkommen. Sie hatte eine Schürze umgebunden und kam aus der Küchentür, von wo sich ein herrlicher Duft nach Lammbraten ausbreitete.

Herman Busk schob ihn in den Salon, wo sich die beiden Herren vor dem Essen eine Erfrischung genehmigten. Währenddessen konnte er hören und sehen, wie sich Frau Berit teils in der Küche, teils im Eßzimmer zu schaffen machte, wo sie letzte Hand an den gedeckten Tisch legte. Schließlich kam sie herüber und sagte, es sei angerichtet. Herman Busk stand auf und schob Bjørn Hansen ins Eßzimmer. Dort war der Tisch in der gleichen Weise gedeckt, wie er es schon hundert Mal erlebt hatte, außer, daß dort, wo sonst sein Stuhl stand, jetzt ein Loch klaffte, zu dem Herman Busk Bjørn Hansen schob. Weiße Tischdecke. Hübsches Porzellanservice, Kristallgläser, Silberbesteck und weiße Damastservietten, schön zusammengefaltet neben jedem Gedeck. Herman Busk setzte sich auf seinen festen Platz. Frau Berit trug die Schüsseln herein. Lammbraten, weiße Bohnen und Ofenkartoffeln. Sauce vom Bratenfond des Lamms. Einfach und wohlschmeckend. Frau Berit bestand nach wie vor darauf, das Lamm etwas länger zu braten, als es heutzutage üblich war, so daß es innen durch war und nicht mehr rosa, und auch wenn Bjørn Hansen es normalerweise lieber rosa mochte, konnte sich dennoch nichts mit Frau Berits Lammbraten messen, das wußte er aus Erfahrung, und jetzt freute er sich wirklich auf die Mahlzeit. Herman Busk schenkte Rotwein ein, und die Schüsseln wurden herumgereicht. Es war das Sonntagsessen bei Zahnarzt Busk in Kongsberg.

Das Gespräch verlief leicht und unbeschwert, wie

es sein sollte. Berit und Herman Busk strahlten beide vor Freude darüber, daß sie ihren alten Gast und Freund wieder am Eßtisch hatten. Doch inmitten der Mahlzeit spürte Bjørn Hansen plötzlich, daß er zur Toilette mußte. Er ärgerte sich über sich selbst, er hätte daran denken können, zu Hause auf die Toilette zu gehen, bevor ihn Herman Busk abgeholt hatte, aber er war wohl zu fröhlich gewesen. Er versuchte, es zu unterdrücken, mußte aber nach einer Weile erkennen, daß es nicht ging. Er bedaure es sehr, sagte er, das Ganze sei mit sehr viel Aufwand verbunden, das ist auch für euch nicht schön, sagte er, als Herman Busk aufstand und ihn zur Toilette schob. Dort erwartete sie eine weitere Prüfung. Die Toilette war zu klein, so daß der Rollstuhl nicht durch die Tür paßte. Im Gegensatz zu Bjørn Hansens Wohnung war Herman Busks Villa nicht rollstuhlgerecht (Bjørn Hansens Wohnung lag in einem modernen Wohnblock aus der Mitte der 1980er Jahre, wo dies Vorschrift war, würde ich nicht in dieser Wohnung wohnen, wäre ich vielleicht nie auf die Idee gekommen, die mich hierhergeführt hat, hatte Bjørn Hansen oft halb im Scherz gedacht). Herman Busk war verzweifelt. Er sah Bjørn Hansen unschlüssig an. »Das schaffe ich schon«, sagte Bjørn Hansen, »aber ich möchte dabei gerne allein sein.«

Herman Busk machte die Tür zur Toilette auf, stellte Bjørn Hansens Rollstuhl an die Wand und entfernte sich rasch. Er kehrte ins Eßzimmer zurück, während sich Bjørn Hansen ruhig erhob und den Rollstuhl verließ. Er ging, wenn auch auf Zehenspitzen, in die Toilette. Es war das erste Mal, daß er das tat, er war die ganze Zeit über sehr darauf bedacht gewesen, sich an die Spielregeln zu halten, auch wenn er allein in seiner Wohnung war und Operationen ausführen sollte, die aus Sicht eines Rollstuhlbenutzers schwierig waren. Doch jetzt war er aufgestanden und pinkelte im Stehen, als die natürlichste Sache der Welt.

Im Wohnzimmer saß das Ehepaar Busk und wartete. Hier befand sich Bjørn Hansen und pinkelte im Stehen. Wenn sie das wüßten! Plötzlich verspürte Bjørn Hansen den innigen Wunsch, Herman Busk möge unverhofft in den Flur kommen und ihn hier im Stehen pinkeln sehen. Das wäre nicht völlig undenkbar. Herman Busk fragte sich bestimmt, ob es Bjørn Hansen gelang, allein zur Toilette zu kommen, oder ob er ihm trotz allem nicht vielleicht doch helfen sollte. Aber das war unmöglich. Herman Busk würde nie auf so eine taktlose Idee verfallen. Denn Bjørn Hansen hatte darum gebeten, allein gelassen zu werden, und Herman Busk verstand, weswegen. Er wollte nicht in demütigenden Stellungen gesehen werden, zum Beispiel wenn er über den Boden zur Toilette robbte, sich dort auf den Sitz zog, samt der gleichen demütigenden (wenn er beobachtet wurde) Strecke zurück. Er konnte sich auf Herman Busk verlassen. Er wußte, daß Frau Berit und er am Eßtisch im Eßzimmer saßen und aufpaßten, hinhörten, bereit, herbeizueilen, wenn sie ein Plumpsen hörten (falls er fiel) und ihnen klar war, daß er Hilfe bräuchte. Sonst nicht. Er war vollkommen sicher, nicht entlarvt zu werden, wie er dort stand, aufrecht, als die natürlichste Sache der Welt.

Dennoch konnte er den innigen Wunsch nicht loswerden, gesehen zu werden. Von seinem Freund Herman Busk, der plötzlich im Flur auftauchen und ihn dort sehen könnte, wie zu Zeiten, bevor ihn dieser Unfall so sinnlos ereilt hatte. Er war sich sicher, daß ihn Herman Busk verstehen würde. Psst, würde er flüstern und den Zeigefinger auf den Mund legen, vor einem glotzenden Herman Busk, der kaum glauben konnte, was er da sah. Aber wenn Bjørn Hansen ihm ein Zeichen machte, leise zu sein, würde er sich zusammenreißen, nicken und seinerseits ein Zeichen machen, mit den Händen, daß er freudig überrascht war. Er wäre eingeweiht, und was konnte sich Bjørn Hansen mehr wünschen, als seinen Freund Herman Busk in das Unverständliche einzuweihen, das er sich auferlegt hatte. Vielleicht könnten sie auch Frau Berit einweihen, aber da war sich Bjørn Hansen nicht sicher. Doch Herman Busk würde ihn verstehen. Nicht, warum er es getan hatte, aber daß er es getan hatte, und weil er es getan hatte, würde er es akzeptieren und sich einweihen lassen. Er war sich sicher, daß Herman Busk es verstehen, es akzeptieren würde. Wenn er lange genug hier stehenblieb, würde Herman Busk früher oder später nachkommen, denn wenn er nicht mehr zurückkam, würden Frau Berit und er beunruhigte Blicke wechseln, und Herman Busk müßte seinen Widerwillen überwinden und hinausgehen und seinen Freund möglicherweise in einer Situation sehen, in der dieser nicht gern gesehen werden wollte und in der Herman Busk seinen Freund folglich auch nicht gerne sehen wollte, aber es mußte etwas passiert sein, da es so still war und er nicht wiederkam. Hier stehenbleiben, dachte Bjørn Hansen, dann würde Herman Busk früher oder später nachkommen und mich sehen, und ich würde jemanden haben, der in mein Leben eingeweiht wäre. Doch er tat es nicht. Er pinkelte fertig, schüttelte seinen Penis, ging (auf Zehenspitzen) in den Flur und setzte sich leise wieder in den Rollstuhl. Es war nicht richtig gewesen, es so zu machen. Auch was er jetzt tat, war nicht richtig, aber so war sein Leben geworden. Er konnte nicht damit brechen, nicht um eines schönen (und vielleicht zweifelhaften) Traums willen, daß sein Freund eingeweiht werden könnte. Sein Schicksal war es, zu leben, ohne daß jemand in den haarsträubenden Umstand eingeweiht wurde, daß er im Rollstuhl saß, ohne gelähmt zu sein. Er rollte mit dem Rollstuhl durch den schmalen Flur zurück ins Eßzimmer, wo Herman Busk für seine Rückkehr die Tür weit offen gelassen hatte. Die Gesichter der beiden leuchteten auf, als sie ihren unglücklichen Freund sahen, der endlich wieder als Gast in ihr Haus kommen wollte.

Zum Autor und seiner Übersetzerin

Dag Solstad, geboren am 16. Juli 1941 in Sandefjord, gehört zur ersten Garde der norwegischen Schriftsteller. Er hat zahlreiche Romane, Artikel, Theaterstücke und Essays verfasst. Seine Werke wurden vielfach ausgezeichnet und in zahlreiche Sprachen übersetzt. 2017 wurde ihm der Nordische Preis der Schwedischen Akademie verliehen, der auch als »Kleiner Nobelpreis« gilt. Folgende Romane von Dag Solstad sind im Dörlemann Verlag erschienen: *Professor Andersens Nacht; Scham und Würde* und *Armand V.* und zuletzt *T. Singer* (Alle in der Übersetzung von Ina Kronenberger)

Ina Kronenberger übersetzt aus dem Norwegischen und Französischen, u. a. Per Petterson, Linn Ullmann und Anna Gavalda. Sie lebt und arbeitet in Bremen.

Zum Buch

»Seit Jahrzehnten gilt Dag Solstad als Norwegens führender Romancier.«

Aldo Keel, Neue Zürcher Zeitung

Eines Morgens steht Bjørn Hansen am Bahnhof. Er wartet auf seinen Sohn. Hansen ist fünfzig, und es ist vier Jahre her, seit er Turid Lammers verlassen hat, seine Geliebte, für die er einst Frau und Kind sitzen ließ und nach Kongsberg zog, um »dem Traum vom gestohlenen Glück« nachzulaufen. Auch die Begegnung mit dem Sohn gibt seinem Leben keine neue Wende, und aus Protest gegen die innere Leere entwickelt er einen Plan, mit dem er sein großes Nein verwirklichen will.